新潮文庫

黒い報告書　肉体の悪魔

「週刊新潮」編集部 編

JN250169

「黒い報告書」とは

「黒い報告書」とは、男と女の愛憎や欲をめぐって起きた現実の事件を読み物化した、雑誌「週刊新潮」の名物連載である。１９６０（昭和35）年11月に連載が開始されてから現在に至るまで、その時代の空気と濃厚なエロスを写し取った作品は、数多くの読者の支持を得続けている。

連載が始まったばかりの60年代初期には、新田次郎や水上勉《みずかみつとむ》ら有名作家も執筆を手がけたが、40年間続く長期連載を支えたのは、松村喜彦《よしひこ》を筆頭に、松山荘二《そうじ》、北町延《のぶ》夫《お》ら常連の筆者たちだった。

連載は１９９９年に一旦《いったん》終了するものの、２００２年に再開。百を超える執筆回数を誇る粉川宏《こがわひろし》、井口民樹《たみき》ら常連作家に支えられながら、重松清、志水辰夫《たつお》、岩井志麻子ら人気作家も執筆者に名を連ねるようになった。その後も「黒い報告書」は、単なる実録ものに留まらず、執筆者が各々《おのおの》の作風を存分に発揮した、文学的にも読み応《ごた》えのある作品を次々と提供している。

本作『黒い報告書　肉体の悪魔』は、近年の「黒い報告書」の中から、特に官能的で優れた作品を集めたアンソロジーである。

目次

黒い報告書　肉体の悪魔

岩井志麻子

家出娘の「米粒」にたかった俵振るいの〝秋茄子《あきなす》母子《おやこ》〟

岩井志麻子（いわい・しまこ）１９６４年岡山県生まれ。日本ホラー小説大賞、山本周五郎賞受賞の『ぼっけえ、きょうてえ』の他、『魔羅節』『痴情小説』『べっぴんぢごく』などの著作がある。

体を売って糊口《ここう》を凌《しの》いできた平石澄子《ひらいしすみこ》は、四十を過ぎて産んだ息子・元気と2人暮らし。ある日元気は、夕佳《ゆか》という娘を連れてきた。が、同居するうち澄子は若い居候《いそうろう》が疎《うと》ましくなり……

昔の岡山では、高齢出産でできた子を俵振《たわらぶ》るいの子といった。空っぽになったはずの米俵を逆さに振ったら、藁《わら》の隙間《すきま》から何粒かこぼれ落ちてくる。もう無いと思っていたらまだ残っていたかと、そんな米粒に例えられる子だ。だが高齢出産でも思いがけずではなく、待ち望んでやっと授かる場合もある。平石澄子と息子の元気は、

「俵振るいの子か」

と、周りの年寄りからはよくいわれた。澄子は露骨に嫌な顔で、

「違わぁ。元気は欲しゅうて頑張って作った、初めての子じゃ」

といい返す。元気にもその意味がわからなかった頃から、悪口ではないにしてもあ

まり誉《ほ》められていないのが伝わっていたが、何をいわれてもにやにやしてうつむくような内気で気弱な子だった。

＊

澄子が四十過ぎて産んだ元気は確かに最後の子だが、実は三人目だ。最初の子を産んだのは十七のときで、高校を中退した澄子は父親ほど年の離れた男と付き合うようになり、中絶できなくなる時期まで気づかなかったため、産むしかなかった。

男には妻子があり、その娘は施設に預けた。それっきりだが、娘も早めに出産していたら、澄子には元気くらいの孫もいることになるだろう。

澄子自身、そのような出生だった。父は顔も知らない。腹違いの兄弟がいるらしいが付き合いはなく、母は水商売のふりをして体を売り、澄子も十五から母と同じことをした。

瀬戸内海を渡って高松のソープで働いていたとき、なじみ客と結婚して男の子を産んだが、夫の博打《ばくち》狂いや借金で離婚したのに、

「この子は跡取りじゃから」

と夫側に連れ去られた。その息子とも、それきり一度も会ってない。

体を壊して岡山に戻ると、とうに母は死んでいて、パチンコ屋で知りあった男とは結婚せず出産した。

それが元気だ。本人も四十過ぎて、

「俵振るいの子になるかもしれん」

と産んだのもあるが、国からの生活保護費が目当てだったといっていい。

無職で住所不定だった相手の男は、元気の顔も見ずに失踪《しっそう》していた。

体を壊した上に不摂生な生活のせいで、痩《や》せこけて歯が半分以上抜け落ち髪も薄くなった澄子は、実年齢より一回りは老《ふ》けて見えた。

元気がワルぶるくせに小柄で童顔なため、余計に年齢差が強調され、祖母と孫と見る向きも多かった。

澄子にまだ子がいることや風俗嬢だったことは近所で知られているが、特に気にしてない。近所には、未婚の母も風俗嬢もいた。一家心中の生き残り、父親が殺人で服役中、息子が強姦魔《ごうかんま》で逮捕多数という隣人もいた。

それでも彼らは引っ越さない。慣れた土地でひっそり暮らすことに不自由はない。

一人で新天地に出ていき、一からやり直す方が怖い。

田舎のワルは、都会に出ない。地元の顔になるのが最大の目標で到達点だし、都会に出れば貧相な田舎者でしかないのもわかっている。

「二十代、三十代の頃は、男が砂糖にたかる蟻《あり》みたいじゃった。指名ナンバーワンにもなったんよ」

「あ〜はいはい、昨日も聞いた」

自慢は息子にするしかないが、息子は聞き流すだけだ。

二人で暮らす低所得者用県営住宅は築四十年だが、老人が多いので静かな環境といえた。

元気は中二あたりから地元の悪ガキとつるむようになり、というよりパシリにされ、それでも生来の真面目《まじめ》さではなく小心さで、警察の世話になっても補導止まりだった。

最初から高校受験もせず、何かやりたいことがある、何かになりたい、そんな意志も夢もいっさいない。

元より澄子が息子に、高校くらい出ておけとも、何でもいいから定職に就けともいわなかった。

澄子も含め、身内にそんな考えの人はいない。もらえる物はもらいたい、ただの物はみな欲しい。

自分はもう女を売る仕事ができず、彼氏や旦那《だんな》という存在もなく、元気のことを俵振るいどころか「あんたとこの孫」といわれるのも、楽しくはないが受け流せた。

元気は一円も稼がず朝帰りしてふてくされた態度を見せ、生意気な口答えもするが、澄子には良い子だ。

ときおり元気が連れ帰る先輩や後輩も、行儀は悪いが可愛《かわい》かった。

「オバちゃんは優しい、いい女」

といってくれた。放ったらかしの家の子達は人なつこく、若い男達に囲まれるのは気持ちが華やぎ、

「婿《むこ》に食わすワラビは年中ある」

という諺《ことわざ》を思い出した。姑《しゅうとめ》は可愛い婿には、常に好物を用意できる。

＊

その下流の逆ハーレムが消え去ったのは、元気が夕佳という、陰気なのにふてぶてしい家出娘を連れ帰った去年の秋だ。

「おかん、この子は夕佳」

「……どうも」

髪を染めてもないし、化粧もしてない。量販店の特売のジャージにサンダル。一見普通の子にも見える夕佳は元気より一つ下の十七歳だが、もちろん高校には行ってなかった。

「夕佳もお父ちゃん、おらん。お母ちゃんは今の夕佳くらいの年に産んどるけん、まだ若い。わし、最初は夕佳のお姉ちゃんかと思うた。二十代じゃいうて高いキャバに勤めとる。二十代といわれてもほんま、みな納得するで」

よく祖母に間違われ、どんな安い店でも雇ってもらえなくなった澄子としては、最初からおもしろくないことをいわれた。

「夕佳のお母ちゃんは、いつも男を連れこんどるんじゃ。そのオッサンらに悪さをされて、夕佳は家出ばっかりしとる。可哀想《かわいそう》じゃけ、うちにしばらく置いてやってくれえや」

「親に連絡せんで、ええんか」

「いい。うち、オカン嫌いじゃ」

すでに男出入りの絶えた澄子としては、見知らぬ夕佳の母親の華やかさは腹立たしかったが、一週間もすれば出ていくだろうと受け入れた。

小さな台所と畳の間が二つ。玄関から見て左手の四畳半に息子と夕佳がいて、右手に澄子がいる。

もともと料理はせず、夕方に半額になるスーパーの惣菜《そうざい》ばかり食べていたが、夕佳もそのような食生活に慣れていたようだ。

しかし夕佳の分も買わなければならないとなったとき、婿に食わすワラビと対になる諺を思い出した。

「秋茄子は嫁に食わすな」

秋茄子は体を冷やすからよくないとか、秋茄子は種が少ないので子種が少なくなるという迷信と結びつけた、姑の嫁への思いやり説もあるが、うまい秋茄子を憎い嫁なんかに食わせたくないという、姑の意地悪説が最も有力だ。

澄子も、その意地悪説に一票を投じた。

夕佳がいるから、元気は男友達を連れてこなくなった。夕佳を取られると、警戒しているのだ。

「そんな可愛《かわゆ》うもないくせに」

と小さく吐き捨てる。息子は今までにも彼女と呼べる子は何人か連れてきたが、居

ついた子はいない。だから無愛想でもそんなに腹も立たず、行儀が悪くても、

「前の子の方が可愛かったで」

くらいの嫌味をいうだけで済ませていた。しかし一か月以上も居つかれれば、仲の悪い嫁姑のような雰囲気になってくる。

「どねぇな躾《しつ》けをされたんじゃ」

自分もさんざんいわれてきたことを、澄子は怒鳴り散らした。

夕佳は汚れた下着を平然と洗濯機に投げ入れ、澄子に洗わせ干させる。食器棚から狙《ねら》ったように一番高いグラスを持ちだし、灰皿代わりにする。風呂場《ふろば》の排水口におしっこをし、ゴミをゴミ箱に捨てることすらしない。

ゴミ屋敷というほどではなくても部屋は乱雑だったが、夕佳が来てから本当にゴミ屋敷と化した。

なんといっても、安普請《やすぶしん》なのも隣に彼氏の母親がいるのもわかっていながら、あのときの声がものすごい。

「元気い〜、あうーん、あひーん」

息子が何をしているか想像するのは、さすがにうんざりした。近所に聞こえるのも恥ずかしいし、もう自分はあんな声を出すことがないというのもいら立ちとなる。

「あの子にな、窓から煙草《たばこ》を捨てるなというてぇな」

「消して捨てるけぇ、ええがな」

息子に愚痴っても、適当に流される。夕佳を怒鳴りつけても、陰気にふてくされてスマホばかりいじっている。澄子が説教している間も、いじり続けている。

「あんた生理ナプキンを台所に放ったりしたら、いけんわ」

「……はいはい」

「人の目を見て答えぇや」

スマホを取り上げたら、即座に反抗的な目つきでもぎ取られ、

「うっぜーババア」

と吐き捨てられたので、近所中に響く声で罵倒《ばとう》して尻《しり》を蹴《け》ったら、飛び出していった。

なのにパチンコ店から元気が帰ってくると、そっと入り込んできた。

しかし元気は負けたようで、機嫌が悪かった。夕佳と口喧嘩《くちげんか》になり、

「そんなら、うちのお金返して」

と夕佳がいった瞬間、息子は手を上げていた。自分に味方したわけではないが、息子が夕佳を叩《たた》いたことで少し気が晴れたのに、夕佳は出て行かずその夜もまた例の声

を上げていたから、秋茄子の灰汁《あく》のごとくどす黒いものはたまっていった。

*

そして元気は先輩と何やら色恋と金銭で揉《も》めたようで、

「オカン、金貸してくれや」

などといってきた。無職で生活保護を受けている澄子に、貸せる金などあるわけがない。高級レストランに行かなくてもブランド品を買わなくても海外旅行をしなくても、生きているだけで毎日お金は要るのだ。

元気も、今のところ若さと体力はあるのに正業に就く意思も当てもないので、金がないとなれば誰かに助けを求め、誰かを脅すしかない。

母親は、まさに逆さに振っても一粒の米も落ちては来ない。

となれば、昼は澄子、夜は元気が夕佳を責め立てた。

「自分の口は自分で食わせにゃ」

「家賃、食費、光熱費を半分払うても罰は当たらんで」

夕佳は素直に従ったのではないが、澄子にご飯を用意してもらえなくなったので稼がざるを得なくなった。

「一番、手っ取り早う稼げるのは夕佳じゃ。わしを好きなんじゃろ」

家出中の未成年にできる仕事は限られているが、それだからこそ稼げるものもあった。

片時も手放さないスマホで出会い系を一巡し、みずからツイッターで呼びかけもした。

「ここの汁の匂《にお》いも若いで」

年配の男達は、若さを余さず味わおうとするかのように舐《な》め回してくる。男の舌によって、自分の陰部がどういう構造になっているか教えられる。敏感な核をしゃぶられれば、下腹も波打つし足指も痙攣《けいれん》する。

「ん、んっ、オシッコ出そうっ」

「出してええ。若返りの水になる」

セックスは十三からしているが、イクというのもよくわからない。裸で好きな男といちゃいちゃするのは楽しいが、陰茎を受け入れるのは今もって痛いことに分類されている。

自宅で覗《のぞ》き見した母親は、全身ねじれよじれてひっくり返り、白蛇みたいに男に絡《から》みついて髪振り乱していた。男の陰茎をしゃぶるときも、腿《もも》にまたがっていたり床にひざまずいていたり、様々な格好をしていた。

「あれがうまい女は男にモテるけど、あんまり大事にはされん」

元気には、そんな話をした。

「夕佳はわしで、うまくなる。そしたらもっと大事にしちゃる」

そういって頬にちゅっとキスしてくれたのに。うまくならないまま、大事にもしてもらっていない。

「わしのために、がんばれ」

一月二月、生理中を除いてほぼ毎日のように夕佳は「客」とホテルに行った。だいたい二万円もらうが、すべて澄子に渡さなければならない。

元気がホテルのそばで見張っているし、迎えに来るのだ。

「尻も使われたんなら、追加料金もろうてこいや」

「もう二度と尻は使わん」

澄子は毎日のように二万円が入り、安物だが衣類も雑貨も買いあさり、見切り品ではないパック入りの寿司《すし》を食べたり、近所の居酒屋に入り浸るようになった。

「澄子さん、このところ景気がええな。息子が働きだしたか」

「息子が米俵を担《かつ》いできたんよ」

思いがけない米俵となった夕佳は逆さにしなくても、米が湧《わ》き出る。

澄子がテレビを見て昼寝しているとき、夕佳はたぶん父親より上の男とホテルに行き続けた。夕佳も、父親を知らない。

中には、もう勃起《ぼっき》しない老人もいる。夕佳にストッキングだけはかせてそれ越しに陰部を舐め回す、というだけで満足する初老の男もいた。

彼らの相手をするのが楽かといえば、肉体的にではなく精神的に疲れた。普通に突っ込まれる方が気は楽だ。

「夕佳ちゃん、お母さんいくつ」

「三十ちょっと。美人じゃやで。あっあ、いや、そこいや、痛い」

「三人でやりてぇな。五万出す」

「彼氏のお母さんは六十超えとるよ。五千円にまけとく。うっうーん、そこ、いい、そこはいいっ」

「……それは遠慮しとく」

「私のオカンよりうまいと思うよ。いやーん、中がひくひくしてきた」

股《また》を限界まで開かされ、肛門《こうもん》をもなぶられながら澄子の悪口をいうと、少し苦痛も軽減された。

家に帰りたくない。それは夕佳の中で確かなものだったが。

元気が好きだから、一緒にいたい。それは次第に揺らいできていた。

オッサン達とやった後に、元気ともするのは疲れる。お腹《なか》も空《す》く。澄子と元気は好きな物を食べ、夕佳には残り物ばかりだ。

「やろうで。ほれ、脱げや」

「……なぁ、優しゅうして」

元気はエロ動画をよく見るが、活《い》かそうとはしない。若いから精力はあるし数はこなせるが、自分の射精したい欲望が第一にして唯一《ゆいいつ》で、ひたすら乗っかって突っ込んで腰を振って出すだけだ。

おざなりに乳房をちょっとさわったりするだけで、前戯などいっさいない。ましてや、陰部を舐めるなど一度もしたことがない。

「夕佳、あそこ見られたら恥ずかしいじゃろ。気を遣うとんじゃ」

臭いし、わしが恥ずかしいけぇ、そんな真似《まね》しとうない。

元気の内心の声は聞きとれる。なら夕佳はもう、ひたすら元気が達するまで待つしかない。もはや元気との行為の方が、ビジネスのようだ。

「若い子は体が硬え。熟女は肉が柔らこうて、婆《ばあ》さんはカサカサ乾いとる。じゃけど、体の表面は変わってもここの中は女はみな同じじゃ」

生乾きの洗濯物みたいな体臭と、ドブみたいな口臭の貧相な爺《じい》さんにさんざんもてあそばれ、約束の二万円からホテル代の半分を引いて欲しいなどと値切られ、疲れ果てて帰って元気の布団《ふとん》に潜りこめば、

「おめー、あそこが臭いで」

と背を向けられ、夜中に空腹に耐えかねて冷蔵庫のプリンを食べたら、夜明けに澄子に布団をひきはがされ、泥棒と怒鳴られた。

夕佳の中で、ぎりぎりの細い糸みたいなものが切れた。もしくは、切れていた何かが繋《つな》がった。

「お母ちゃんに会いたい」

春はまだ遠い三月初め、着の身着のまま逃げだした。帰る場所は母の元、実家しかなかった。

捜索願も出していない母だったが、痩せてやつれ切った娘を見れば、抱きしめて迎え入れた。

俵振るいの母子が家でだらだらしているとき警察の訪問を受け、その場で二人とも逮捕された。夕佳の母が届け出たのだ。

売春防止法違反に、児童福祉法違反も加わっていた。

「夕佳が勝手にやったこと」

と、ただもう罪を逃れたい澄子は否認したが、元気は神妙に、

「すべて夕佳のいうとおりです」

と認めた。俵を逆さに振ったときこぼれ落ちる、わずかな米粒ほどの情は残っていたのか。

士気に関わる「赤鬼」が〝ヒヨちゃん〟に惚《ほ》れて

深笛義也

深笛義也（ふかぶえ・よしなり）１９５９年東京都生まれ。二十代を成田闘争に明け暮れ、三十代からライターに。「週刊新潮」ではノンフィクションも数多く執筆。著作に『エロか？　革命か？　それが問題だ！』『女性死刑囚』『労働貴族』『罠《わな》』などがある。

沖縄のゲストハウスを根城に援助交際で暮らしていた川上日咲《ひより》は、なじみ客の水島正剛《せいごう》からある「申し出」を受ける。そんな折、現地で親しくなった若い男に事情を打ち明けたところ……

1

茂り合うマングローブを眺めながら、カヤックを漕《こ》いで仲間川の奥まで行ったので、タンクトップもショートパンツも汗まみれだ。海に面したリゾートホテルに戻ってくると、川上日咲(二七)は真っ先にシャワーを浴びた。裸のままベランダに出る。陽光を反射させてキラキラ光る、果てしない海。なんの混じりけもない。これこそが海の色だ。

日咲は、海を見下ろす贅沢《ぜいたく》に浸った。いつも一人で泊まっているのは安い民宿か、さらに安いゲストハウスだ。宿泊費を出してくれる水島正剛（五二）は、那覇から飛行機で石垣島に着き、フェリーで西表島《いりおもてじま》までやってくる。

正剛とは出会い系サイト「ピュアメッセンジャー」で二年ほど前に知り合った。こんなホテルに泊まりたいという日咲の願いを叶《かな》えてくれる、文句なく「いい客」だ。

二年もの付き合いがあるから、さりげなくお互いのことを話しもするが、正剛の職業は知らない。沖縄はマリンスポーツが盛んだから、なんかのインストラクターだろうと、目星をつけている。なにしろ五十代だというのに、触れたら跳ね返すほどの筋肉が全身を覆《おお》っているのだ。

一回会うごとに受け取るのは、三万円。指定された服装でホテルで待つのが、いつものことだ。リボンのついたパンティを穿《は》き、花柄のギャザースカート、レースのブラウスを着る。普段の自分からしたら、かなり上品だ。チャイムが鳴り、日咲はドアを開けた。

「かわいいよ！　ヒヨちゃん」

かりゆしウェアを着た正剛は、日咲を抱きしめた。筋肉の厚みを感じながら、唇を合わせ舌を絡《から》ませあう。正剛の股間《こかん》が膨らんでいる。

「もうこんなになっちゃってるぅ」

日咲はそこに手を這《は》わせる。正剛に会う前の自分には、考えられない仕草だ。彼が興奮するような振る舞いを、いつのまにか身につけていた。

「暑かった。シャワー浴びるわ」

正剛は服を脱ぎ捨ててバスルームに消えた。ソファに腰を下ろし、今日はどうやって正剛を攻めようかと日咲は考えた。自分から能動的に動くのは、初めは恥ずかしかったが、今では楽しくなっている。

「さっぱりした」

冷蔵庫から瓶ビールを取りだし、グラス二つを手に持って、正剛は全裸のままやってくる。ごつごつした正剛の体の中心部で、グロテスクなほど青筋を立てて屹立《きつりつ》した肉塊が、歩くにつれてぴょこぴょこ揺れる。

「赤鬼がお辞儀してるみたい」

日咲は本当におかしくて、笑う。

「まだなんにもしてないのに」

「ヒヨちゃんがそばにいるから」

向かいに腰を下ろすと、正剛がグラスにビールを注いだ。赤鬼は怒りでたぎったまま。着衣の女性の前で裸でいると興奮するのだという。

日咲は伸ばした足先で、赤鬼をころがす。正剛が心地よさそうに微笑《ほほえ》む。ギャザースカートが捲《まく》れ上がり太股《ふともも》が露《あら》わになる。

「海を見ようか」

日咲が言って、二人はベランダに出た。夕暮れの光が、正剛の体に陰影を与える。筋肉を指でなぞっていくと、肉体への鍛錬を愛《め》でているようで、まるで神聖な行いをしているかのようだ。別の生き物のようにそそり立った肉塊に指を絡ませていくと、なおさらそう思う。背から胸へと舌を蠢《うごめ》かせていき、跪《ひざまず》くと、肉塊に舌を這わせていき銜《くわ》え込む。見上げると、正剛と目が合う。快感に満たされ恵比寿《えびす》さまのように微笑んでいる。目と目を見交わしながら、日咲は頭を振る。

「今度はヒヨちゃんを気持ちよくさせてあげよう」

日咲を立たせてパンティを剝《は》ぎ取ると、今度は正剛が跪いた。日咲の左脚の股を自分の右肩に乗せて、湿原地帯を舌で探索する。日咲はねだるように、くいくいと腰を振った。

リビングに戻ると、正剛は床に四つん這いになった。日咲は指での愛撫《あいぶ》を続けながら、尻《しり》に舌を這わせていく。谷に忍び入って行き、中心の孔《あな》を突いた。背をのけぞらせ、正剛は女のようなあえぎ声を上げる。

日咲をようやく裸にすると、全身を正剛はくまなく愛撫した。ベッドの上で正剛に突き抜かれて、何もない世界に二人だけで繋《つな》がっている気がする。夢中でしがみついた。

2

翌朝、部屋で寛《くつろ》いでいると、正剛が神妙な顔で言った。

「俺の正体を教えるよ」

取りだしたスマホの画像では、正剛は迷彩服を着ている。

「なにこれ？　コスプレ？」

「いや、実際の制服だよ。こういうのもある」

金色のボタンの、濃緑色の制服を着ている。肩から胸に仰々しい金色の飾り。片方の胸には、様々な色の長方形の札が連なっている。

「なんか、凄《すご》いマニアックですね」

「本物だ。実は俺、自衛官なんだ」

「あ、それで凄い体してるんですね」

「今は指揮する立場で訓練には出ないが、トレーニングは続けてる。上官の体がふやけてたら、隊員の士気に関わるからね」

「なぜ、そんなこと明かすんです？」

「ヒヨちゃんに、折り入って頼みたいことがあるんだ」

「なんですか？」

「俺以外の男と、もう援助交際してほしくないんだ。その代わり、月三十万円上げる。会うのは月に三、四回でいい。八重山のほうまで毎回来るのは大変だから、那覇で会うことになるけど」

一回が三万円だったのだから、金額的には悪くない。日咲が援交するのは、月に十人ほど。那覇のゲストハウスを根城にして、たまに八重山に旅に来るという、慎《つつ》ましい生活をするのには十分な額を稼いでいた。

「だけど、なんで、そんな」

「ヒヨちゃんのことが、本当に好きになっちゃったんだ。俺、バツイチで独身だけど、結婚するには年が離れすぎてるだろう。だからせめて、ヒヨちゃんに大事な男ができるまで、特別な間柄でいてほしいんだ」

「お申し出はとても嬉《うれ》しいんですけど、少し考えさせてください」

「ああ、もちろんだよ。ゆっくり考えてくれ」

いつもの笑顔を、正剛は浮かべた。

3

しばらく八重山で過ごそうと、日咲は竹富島に渡った。赤瓦《あかがわら》屋根の町並みに心が和む。泊まるのは一泊二千円ほどのゲストハウスだ。

東京の美術系の大学を出てデザイナーになった日咲だが、仕事が終わらなければ会社に泊まるのが当たり前のブラックぶりに耐えきれず、辞めたのが二年前。沖縄の文化からデザインを学び直そうと、自分でも半ば口実と知りながら、沖縄に居着いていた。

ヒントになりそうなものをデジカメで撮り、思いついた図案を小さなスケッチブックに描くのが日課だ。

あかやま展望台から竹富の町並みを見渡し、スケッチブックに描いていた。

「へー、おもしろい表現だね」

声をかけてきたのは、林柚吉郎《ゆきちろう》(二九)。日咲は控えめに微笑んだ。

「ナンパじゃないから警戒しないで。僕もね、竹富を文章でどう表現しようかって悩んでたから」

「文章？　えっと、あなたは？」

「僕はね、カメライター」

「ああ知ってる。写真も撮って、文章も書くっていうお仕事でしょ」

「どこも予算が厳しいからね、僕みたいなのが重宝されるんだ」

柚吉郎の話に興味を持ち、一緒にコンドイ浜まで行って、座り込んで語り合った。

日咲は、デザイナーを辞めたなりゆきを話した。

「僕も昔は徹夜の連続だったよ。そんなことしてたら、クオリティが落ちるだけだって皆、分かってきたんだ。働きかたは変わってきたよ」

半月ほど竹富島で取材しているという柚吉郎と、男女の関係になったのは会ってから三日後。彼が泊まっている民宿の部屋に入り込んだのだ。柚吉郎のテクニックは貧弱で痛みさえ感じたが、ひさびさの援交ではないセックスだった。

それから何度も体を重ね、語り合っていくうちに、東京に帰ってデザイナーをやり直そうかという気持ちが湧《わ》いてきた。正剛の愛人になって沖縄に居続けたら、自分は何者にもなれないという気がした。悩みの種である正剛とのことも、柚吉郎に打ち明けた。翌日に彼はこう言った。

「ウェブで検索したら出てきたよ。陸上自衛隊第十五旅団の幹部だ。若者の手本にならなきゃいけない立場なのに、金で女をたぶらかしているなんて許せない。日咲ちゃんも、親子ほども年上のおっさんに抱かれるのは嫌だろう。援交なんか止《や》めて、ちゃんと自分の才能を生かして稼いでいこうよ。僕が応援するから」

柚吉郎は、力強く微笑んだ。彼の取材が終わり、一緒に帰京しようと誘われたが、長い旅にピリオドを打つならもうすこしこの生活を味わいたいと、日咲は沖縄に留まった。

4

正剛との濃密な時間にも未練があった。もう一度だけ、と思い定めて誘いに乗った。申し出への返事はまだ先でいいと言ってくれていた。

逢瀬《おうせ》の場所は、那覇にある正剛の自宅。もっと親密になりたいという気持ちなのだろうが、メールでしか繋がっていないから、関係を絶つのはたやすい。

定宿にしている那覇のゲストハウスを出る時、ラフなスタイルばかりの泊まり客たちは目を丸くした。日咲はライトグリーンのタイトなミニドレスを着て、パンプスを履いていた。それが正剛のリクエストだった。

那覇空港に繋がるモノレール「ゆいレール」の途中駅で日咲は降りた。陸上自衛隊那覇駐屯地にも近い住宅街を歩く。家はすぐに分かった。

ダイニングキッチンには、大きな神棚がある。レプリカか実物か、壁にはいくつもの銃が飾られていた。

「ちょっと寛いでて。今、仕上がるところだから」

いつものようにすぐに裸になったりせず、正剛はキッチンに向かった。いい香りが漂っている。

「たまには、沖縄料理以外も食べたいだろ」

牛肉のソテー、魚介のアヒージョ、生ハム入りのサラダが並べられる。

「料理、お上手なんですね」

「自衛隊は危険な土地にも行く。少人数で取り残される可能性もある。自分で何でもできなきゃならない」

注がれたワインで乾杯する。重みのある芳醇《ほうじゅん》な味がした。

「危険地帯にもワイン持って行くんですか？」

「いや、駐留する時は禁酒だ」

「やっぱり、厳しいんですね」

「それはそうだよ。でも、長期休暇もそれなりにある。ヒヨちゃんは、海外には行ったことある？」

「ルーヴル美術館を見にパリに」

「目的のある旅はいいな。俺はただの観光だけど二十カ国以上行ってる。米軍とのコミュニケーションに必要だから、英語は喋《しゃべ》れる。いろんな国に連れてってあげられるよ」

料理を平らげて、ほんのりと酔いが回った頃、正剛が言った。

「一緒に風呂《ふろ》入ろうか？」

「え？　いつもみたいにしなくていいの？」

「うん。今日は違う気分なんだ」

キスを交わして、愛撫をされながら服を脱がされる。日咲も正剛を裸にした。そそり立っている。手を繋いで、バスルームへ向かう。温泉の家族風呂ほどの広さの、檜《ひのき》風呂だ。

「仕事が激務だから、風呂ぐらい、ゆったり入りたくてね」

「一人には贅沢な広さですね」

「他人が入るのは、ヒヨちゃんが初めてだよ」

脚を絡ませて、二人で湯船に入る。

「本当に、いつもお元気ですね」

湯の中で、指を這わせていく。

湯船から出ると、日咲は檜の椅子《いす》に座らされた。恋人気分を醸《かも》し出そうと、洗ってくれるのだと思った。その通りだったが、想像していたのと違う物で泡立てられた。硬いようで柔らかくもある熱い海綿体が、体を這ってくる。乳房を突かれると、たまらない快感で声を上げた。正剛がしゃがみ、日咲の脚を持ち上げると、そこに熱塊が当てられる。

ふくらはぎから太股へと、それは這ってくる。日咲を立たせると、向かい合って抱き合い、それは股の間に入り念入りに前後運動を続けた。後ろに回ると、尻の谷間にまで入り込み、裏の花弁に先端が当たる。

日咲は同じようにして正剛の体を洗いたかったが、手で泡立てて洗うしかなかった。そそり立った肉鉾《にくほこ》を念入りに洗っていると、それがほしいという欲求が募ってくる。やはりこの快楽は手放しがたい。海外にも連れて行ってくれるという、太っ腹ぶりにも心惹《こころひ》かれる。

湯船に入ると日咲は言った。

「この前のお話、よく考えてみたんですけど、私、気がついたら何者でもない存在になっているっていうのが怖いんです。沖縄でデザインの仕事とかできないかしら」

「できるさ。俺の人脈は広いんだ。仕事なら紹介するよ」

「本当？　ありがとう！」

日咲は正剛に抱きついた。

風呂から出て、裸のまま手を繋いで階段を上っていく。扉を開けると、屋上庭園だった。闇《やみ》に、たくさんのハイビスカスが映えている。

芝の上で日咲は跪き、待ちきれないとでもいうように、熱塊にしゃぶりついた。優しく日咲の髪を撫《な》でていた正剛は、彼女の頭を押さえて腰を振った。日咲が見上げると、正剛はいつものように優しく微笑んでいる。

階段を降りていき、ベッドの上で繋がる。正剛に貫かれることは、そこに絡みついて震えているだけの存在になったような快感だった。

5

翌日の昼過ぎ、二人は家を出た。

「おい君、そんなところに隠れて何をやってる!?」

正剛が声を上げると、道の向こうの茂みから姿を現したのは、柚吉郎だった。手にはカメラを持っている。

「さすが、優秀な自衛官の目は鋭いですね。でももう撮りましたから」

「あなたはいったい何をしてるの？」

日咲が問いかけた。

「君はまだ、たぶらかされてるんだろう。目を覚まさなきゃダメだよ」

「写真を撮って、どうするんだ。我々は、やましい関係じゃない」

「彼女のスマホからメールのやりとりの内容も分かりました。買春ですよ。あなたがやってることは」

「私のスマホを勝手に見たの!?」

「ああ、正義のためだ」

柚吉郎は言い放つと、走り去った。

翌日から、何度も柚吉郎からメールが来たが、日咲は無視し続けた。

しばらくして週刊誌に、「援交フリーターに欲情する幹部自衛官」というタイトルの記事が出た。日咲の顔にモザイクのかかった、二人の写真も載っている。

記事を読むと、売春防止法には「何人も、売春をし、又はその相手方となつ《ママ》てはならない」とあるが、相手が不特定ではなく一対一の場合は罰則がないと説明されていた。それでも犯罪には違いない、と正剛は指弾されている。被害者扱いで名前も伏せられている日咲こそ、実は不特定の男性と関係していたのだが。

辞職することにした、と正剛からメールが来た。「隊員たちの士気に関わるので、自分で決めた。ずっと背負っていた重い責任を肩から降ろし、思いもよらない長い休暇をもらったようなものだ」と書かれている。

懲戒免職処分ではないので、退職金はまるまるもらえるとかで、人目の届かない海外に行こうと誘っている。

地位を失ったのに、誘いをかけてくる底抜けのお目出度《めでた》さ。これに乗ったら、本当に自分はダメになる。日咲はメールを消去して、着信拒否にした。

杉山隆男

「冥途《めいど》の土産」に興奮したビキニ好きの〝困ったジジイ〟

杉山隆男（すぎやま・たかお）１９５２年東京都生まれ。大宅壮一ノンフィクション賞受賞の『メディアの興亡』、新潮学芸賞受賞の『兵士に聞け』のほか、『汐留川《しおどめ》』『昭和の特別な一日』『私と、妻と、妻の犬』『兵士に聞け　最終章』などの著作がある。

入院をきっかけに看護師の友香《ゆか》と付き合い始めた祐三《ゆうぞう》も、はや「前期高齢者」となった。二十歳年下の彼女には水着姿でのプレイを懇願し、フェティシズムを満たしていたのだが……

谷崎潤一郎の『瘋癲《ふうてん》老人日記』を祐三がはじめて読んだのはもう半世紀も昔、高校一年の冬だった。黄ばんだ表紙をさせていまも書棚にならぶ文庫本の奥付は昭和四十三年十月発行となっている。当時は、ほとんどカタカナでつづられているせいもあって、なかなか読み進めなかった。

ただ、七十七歳を数える主人公の老人督助が息子の若い嫁颯子《さっこ》に向ける性的執着の異常さは、強烈な印象となって十六歳の若くまだやわらかな記憶に刻みこまれた。

年老いて、からだが干からびた老木さながらになっても、「性」への欲求は枯れるどころか、ますます貪婪《どんらん》さを増し、いびつな形をとっていく。嫁にたっぷりおこづかいを弾めば、白くて華奢《きゃしゃ》な脚を舐《な》めまわす特権にあずかれる。

だが、いい気になっているとお仕置きが待っている。シャワーを浴びたあとの颯子に、「背中ヲ拭《ふ》イテ頂戴《ちょうだい》」と頼まれ、「肩ノ肉ノ盛リ上リニ唇ヲ当テテ舌デ吸ッタ」とたん、「ピシャッ」と頰に平手打ちを食う。しかし督助にはぶたれることもご褒美《ほうび》なのである。

そうした描写のことごとくが高校生の祐三にはなんともおぞましく映った。カタカナの読みづらさを押して、それでも読み通したのは、異形の怪物に触れるようなこわいもの見たさからだったのかもしれない。

だが、祐三は自身が前期高齢者とくくられる年代に足を踏み入れて、この己もまた「瘋癲老人」の仲間入りをしたことを自覚するに至った。

現に、盲腸入院がきっかけでつきあうようになった二十歳年下の看護師友香から、「瘋癲」ならぬ「ヘンタイエロジジイ」とからかい半分で呼ばれて、うれしがっている自分がいる。

谷崎が描いた督助がいわゆる「脚」フェチなら、祐三の場合は「水着」フェチということになるのだろう。

先日も病院の慰安旅行でグアムに行った友香が、現地の水着ショップでビキニを買ったのを聞くと、さっそく「今度会ったときに着て見せてよ」と頼みこんでいる。友香は嫌がったが、「ユッカーの水着姿ってまだ見てないからサ、冥途のみやげにしたいんだよ、お願い」と粘ってみせた。

老いるとは喪失の過程だと祐三はずっと思ってきた。体力や心の張りにしても、髪の毛にしても、弱々しくほそってゆくうちに、いつのまにか手の中からするりと抜け落ちるように失われている。そして最後は自分自身が無くなってしまう。だが、じっさい老人になってみて、新しく手にできるものもあることに祐三は思い至った。たとえば、「生きているうちに」とか、「ゲンキなときに」といったコロシ文句を使えることである。

むろん使うタイミングは大切だ。年寄りらしい身の程をわきまえ、あくまでささいな我儘《わがまま》に限って口にしなければいけない。

祐三がその台詞《せりふ》を使うのは、たいていベッドの上である。口での愛撫《あいぶ》をせがむと、昔の友香なら「もういいじゃない、さっきしたから」と面倒臭がって、手にとることさえしない。ところが最近は、「ユッカーにしてもらえるのも、いまのうちだからさァ」とすがるような眼をすると、三回に一度は「困ったジジイだ」と舌打ちしながらも、半ばやわらかくなった祐三のものを、あたたかく湿った口でくわえて、先端の丸みに舌を這《は》わせてくれる。

ビキニについても祐三は哀れを誘う作戦に出たのである。冥途のみやげ、というコロシ文句が効いたのか、ホテルの部屋で友香は、ナース服の替えをいつも入れている手提げのバッグから、きれいに畳まれた水着をとり出した。

＊

二人で軽くシャワーを浴びたあと、祐三が「着てよ」と頼むと、いったんパウダールームに消えた彼女は、「どオ?」とまんざらでもなさそうな笑みを浮かべながら、ビキニをつけてあらわれた。

友香の抜けるような白い肌と、黒地に大胆なパステルカラーで大ぶりの花をいくつも描いたデザインはコントラストが効いて、この上なくそそられるものだった。祐三は思わず生唾《なまつば》を呑《の》みこんだ。日頃からジムに通って節制を怠らない賜物《たまもの》か、はたまたナースとして立ち働きのし通しで足腰が鍛えられているせいか、友香のからだは十は若く見え、腹のまわりにも腰からヒップにかけてもいっさいのたるみがない。

胸こそ、若い頃のつんと上向いた頂きの角度がややゆるやかになっているものの、それでも十分な張りを保ち、トップスからはみだしたふくらみは、直接手で触れずにいても間近にしているだけで、そのやわらかそうな弾力を感じることができる。

裸でいるより、ビキニをまとっている方が、友香のメリハリのきいたからだのラインが強調されて、きれいなくびれをますますエロチックに見せている。秘すれば花、なのである。

下腹の前方から股《また》をまたぐ恰好《かっこう》で後方のヒップへと渡した布一枚のボトムは、腰骨よりやや低い位置に左右に回した細い紐《ひも》だけでむすばれている。いわゆる紐ビキニという奴《やつ》だ。

祐三はその結び目をほどきたい衝動にかられた。辛うじてそれは抑えたが、ボトムの正面にむしゃぶりつく欲求は抑えられなかった。

水着の薄い布地越しに、下腹部のはるか下から股間《こかん》へと恥丘がなだらかなカーブを描きながら落ちこんでゆき、ヘアの茂みがこんもりとした盛り上がりをつくっているのがわかる。

以前から友香のあの部分は俗に言う「盛りまん」だと、祐三は思っていたが、ビキニのぴんと張った薄い布に覆《おお》われることで、その部分の小山のような盛り上がり具合がより際立《きわだ》つ形になっている。

祐三は狂ったようにビキニにとりついて、唇を当て、舌を這わせ、布地の上からじゆるじゅる音を立てて舐めまわした。

「やめてよ！」

「瘋癲老人」の颯子と違って友香は平手打ちを浴びせることこそしなかったが、思い切りあとずさった。

「唾液《だえき》がついたら、また洗わなくちゃいけないでしょッ！」

「じゃ舐めるのは我慢するからさ、さわるのならいいだろ？」

お願い、と飼い犬の目線で友香を見上げる。しょうがないなァー、と言いながらも、友香は許してくれる。

祐三はビキニの上から、もっこりとしたヘアの盛り上がりをいとおしさをこめて手のひらでゆっくり撫《な》でまわすようにしていたが、やがて、股をくぐらせた手を前後にうごかして、股ぐらを愛撫するようにさすりだした。

だが、友香は嫌がる声もあげず、眼をとじて両脚をややひらいた恰好で、されるがままにその場に立ちつくしている。それをいいことに祐三の手の動きは一層大胆になった。ビキニの布の脇《わき》から手をもぐりこませ、茂みの奥をまさぐりはじめたのだ。

指先が濡《ぬ》れる。それでなくても感度のいい友香である。ビキニをつけたまま愛撫を受けている、いつもとは違う自分の姿を脳裏に思い描いて、彼女の中でも興奮が昂《たか》まっているに違いなかった。

祐三が指をさらに奥へと進めると、膣《ちつ》の内部はすでに愛液であふれ返っていた。祐三は中指だけでなく人差し指も合わせて、二本の指の腹を、膣の内壁を覆った肉襞《にくひだ》にこすりつけるようにしながら勢いよく上下させはじめた。

もっとも、ビキニが肌に密着している窮屈な中でのピストンの動きには限界がある。上下と言っても、もっぱら膣の中にさしこんだ指で小刻みな突き上げを繰り返していたが、それもまた、いつもとは違う刺激となって、新たな快感のうねりを呼び起こしたようである。

「あ、イヤ、イヤ」と友香の口から洩《も》れるあえぎ声が、長く、大きく、切なげになっていく。やがて膝《ひざ》をワナワナさせ、もはや立っているのがつらいのか、祐三にもたれかかるようにしてベッドに倒れこんだ。

我慢できなくなったのは祐三も同じだった。一時間前に服用したED薬のおかげで、祐三のものはそり返るほどの仰角で屹立《きつりつ》している。硬さも『瘋癲老人日記』を読んだ十六歳の頃と遜色《そんしょく》がない。いっぱいに張りつめて肉の引きつりが痛く感じられるほどだ。

ボトムをつま先まで引き下げて悠長に脱がしている余裕はなかった。祐三はゴムがぱんぱんに効いているビキニの股ぐらのあたりをめくりあげて、力まかせにずらすと、そそり立ったものを茂みの深くへと突き入れた。するっと、一気に受け入れられる。肉襞につつみこまれ、まるで奥まで運びこまれる感覚だ。

友香のあえぎがしだいに、ああーッ、と喜悦にふるえる叫び声に変わっていく。両腕を祐三の背中に巻きつけて、力いっぱい抱きしめ、祐三が激しくリズムを刻むのに合わせて自ら、もっともっと、というように腰を使いだす。

二人の中で快感が絶頂へとのぼりつめる瞬間はいつになく早く訪れた。友香がひときわ大きく叫んだのとほぼ同時に、祐三も欲望を放出した。

＊

この日からというもの、祐三は水着プレイの虜《とりこ》になった。ネット通販で自分好みのワンピースの競泳水着を注文し、次に友香と会ったときに、「これつけてみてよ」とベッドの上に広げてみせた。

いまどきすっかり見かけなくなったハイレグの名残りで、ウエストから股にかけてのビキニラインがVの字に大きくカットされている。おまけに白一色である。

ええー？　と当惑げな声をあげながら友香は水着を手にとると、眼の前にだらりと下げて、前後を交互にあらためる。

「こんな薄い布地じゃ、毛が透けて見えちゃうじゃない」

「大丈夫だよ、プールに入るわけじゃないんだからさ。ワンピースの水着は着る人を選ぶからね、その点、スタイルのいいユッカーは絶対似合うと思うな」

そうまで言われて、自分でも鏡に映した姿をたしかめたくなったのか、うーん、と唸《うな》りながら、拒否はしなかった。

すでにベッドの上で一度交わって、二人は全裸のままだ。長年何もかもさらし合った男女の仲であっても、さすがに祐三の方を向いて、水着をつけるのは憚《はばか》りがあるのだろう、友香は背中を見せて、スラックスをはくときのように水着に脚を通しはじめる。

前かがみになって片脚を高く上げたとき、形のよい尻《しり》の間から、赤々とした割れ目の盛り上がりと黒ぐろとした翳《かげ》りがのぞき見えた。

女性が水着をつけるところをじかに見るのは、祐三自身むろんはじめてである。更衣室の中を盗み見ているような背徳の匂《にお》いに、興奮がさらに昂まってゆく。

尻がすっぽり隠れるところまで水着をつけた友香は、白いワンピースをさらにバストの位置までたくしあげようとしている。だが、祐三が勝手に注文した水着のサイズが小さめだったらしく、胸のふくらみが邪魔をして、それ以上はなかなか上にあがらない。祐三は友香のうしろに立って、水着の両端を思い切り引きあげた。その間に友香がバストを何とかおさめ、肩ひもをかけるのを祐三も手伝った。祐三はそのまま友香をうしろから抱きすくめると、両手で水着の上から胸のやわらかなふくらみをゆっくり揉《も》みしだいてゆく。

「ったく、ヘンタイエロジジイなんだから」

なじりながら、しかし友香は祐三の手を振りはらうわけでもない。

「ほら、お見立て通りだね、よく似合ってるじゃん」

鏡の中に言うと、友香はさまざまなポーズをとってみせる。

「でも、やっぱりインモウ、はみ出しちゃってる」

ナースという職業柄か、友香は時折、病理の教科書でも読むように、ダイインシンとかインノウとか、男女の部位そのものずばりを口にする。その慎みのない、即物的な言い方が、祐三にはなんとも新鮮に聞こえる。

たしかに友香の指摘通り、切れこみの角度が鋭すぎて、ビキニラインのへりからはおさまりきらなかったヘアがわずかにのぞいている。

祐三はたまらずその場にひざまずいた。水着の股の部分に顔を押しつけ、薄い布地越しにうっすらとヘアの繁茂が透けて見えるあたりを、皿に鼻先を突っこませてミルクを喰らう犬のように、欲望のおもむくまま夢中で舐めまわす。右手は股ぐらにもぐりこませ、割れ目に突き立てた指先をバイブでも当てているように激しく振動させた。

友香の口からあえぎ声が途切れ途切れに洩れてくる。二人はもつれ合いながらベッドの上へとなだれこみ、祐三が水着の股間の端をめくりあげて、いきり立ったものを挿入する流れまではこのまえと同じだった。しばらく祐三は、突いては引くのピストン運動を激しく繰り返した。

が、突然その動きが、ぴたっと停まった。異変に気づいて友香が下からのぞきこむ。

「どうしたの？」

いや、ちょっと、と弱々しい声を出しながら祐三はつながっていたからだを友香から離し、傍らに仰向けになる。

ドクドクと心臓の鼓動が体中に響き渡っている。鼓動のリズムはすさまじく早く、胸板を蹴破《けやぶ》って飛び出そうなくらいの勢いだ。興奮とED薬のせいであれほど紅潮していた顔からは一気に血の気が失《う》せていく。

祐三には異常な心悸亢進《しんきこうしん》の原因がわかっていた。それもまた、きっかけは水着である。ネット通販で水着を購入したとき、品物の届け先は仕事場として借りているマンションの部屋にしたが、決済はクレジットで処理している。むろん登録住所は妻もいる自宅である。そこに、水着の新作カタログがご丁寧に送りつけられてきたのだ。

朝食のテーブルの上に妻は無言でカタログをおいた。友香と男女の仲になってからは、もう十年以上妻のからだには指一本触れていない。祐三としては自分から拒否したつもりはなかった。加齢による煩《わずら》わしさで、むしろ妻の方が求めていないのだろうと思っていた。

カタログの上に、妻は離婚届と弁護士の名刺を重ねる。

「わたしがずっと知らなかったとでも思ってるの？」

ベッドの上で荒い呼吸をする祐三の耳もとに、妻の冷たく硬い声がどこからか聞こえてくる。

＊

だが、祐三が友香との水着プレイを断念することはなかった。翌月会ったときには新しく考えついた趣向をさっそく実行に移した。

ビキニをつけた友香の全身にローションを塗りまくって、指と舌を使ってマッサージするように愛撫を加えてゆく。胸をやさしく揉みしだき、腹をさすり、足指の隙間《すきま》に這わせていた舌を、ふくらはぎから太ももへと移し、ビキニの上から股間のふくらみをねっとり舐めあげる。片や指先は茂みの奥のもっとも敏感な花芯《かしん》をさぐりあて、指の腹でじらすようにこねくりまわす。あまりの気持ちよさに、友香はまだまじわる前から何度も声をあげ、絶頂に達した。

ビキニを脱がした上で友香の中に入っていった祐三はいつにない感覚につつまれた。突くごとに、膣の内側の肉襞は祐三のものをくるみこみ、やさしく締めつける。強すぎもせず弱くもなく、その加減は絶妙で、祐三は思わず、はしたなく声をあげた。

だが、極上の快感にひたっていられたのもそこまでだった。心臓が再び高鳴りはじめた。このままイッたら、という不安が一瞬脳裏をかすめる。妻の声も聞こえる。しかし欲望にはあらがえない。放出の気持ちよさと引き換えのようにして、意識が遠のいていく……。

救急隊員が到着するまで友香はローションまみれの裸のまま、祐三の上に馬乗りになって心臓マッサージをつづけた。フロントにＡＥＤを至急持ってきてほしいと電話をかけたが、係の女性は友香の話す日本語の意味がわからなかった。

懸命の蘇生《そせい》処置もむなしく、祐三の心臓が再び音を立てることはなかった。救急隊員がベッドの上の祐三を動かそうとしたとき、隊員は祐三の右手が何かを摑《つか》んだまま離さないことに気がついた。ビキニの水着である。それが冥途のみやげだった。

桐生典子

「ヘリコプター」が墜落したお嬢さん育ちの〝時短婚活〟

桐生典子（きりゅう・のりこ）１９５６年新潟県生まれ。作家。96年に『わたしのからだ』でデビュー。その他の作品に『眠る骨』『金色の雨が降る』『海の深さを知らない者は』などがある。

坂本和香《わか》のお見合い相手は、母親同士の代理婚活で知り合った若手エリート官僚・北澤清孝。交際を〝合理的〟に進めたがる清孝に促されるまま、3回めのデートで体を重ねたが……


「それじゃ、私たちはこのへんで。これ以上同席したらさすがに過保護ですものね」

とびきりの愛想笑いで坂本家の両親は席を立った。ホテルニューオータニ東京の、昼下がりのガーデンラウンジである。母親の佐栄子は、娘の和香の肩にそっと触れ、

「北澤さんのような素敵なかたに出会えて、本当によかったわよね。なんだかすっかり安心しちゃった」

和香にというより、北澤清孝に伝えるように微笑《ほほえ》んだ。清孝も礼儀正しく立ち上がって一礼をする。

この二人のお見合いを決めたのは、両家の母親同士だった。

昨今、親による代理婚活は珍しくない。子供の写真と身上書を手にした親たちの集

まる婚活パーティだ。それぞれ、参加者リストからあらかじめ目星を付けた相手の親にアプローチし、合意すれば身上書を交換。後日、本人同士のお見合いになる。

代理婚活パーティでの佐栄子は大モテだった。和香はお嬢さん大学を卒業した商社の一般職であり、なんといっても二十四歳の若さだ。

「まるで春風のような、可憐《かれん》なお嬢さんですね」

和香のスナップ写真を見せれば、そんな褒め言葉ももらい、佐栄子は自分のことのように嬉《うれ》しかった。

医者の息子の身上書を見せられたときは一瞬心が躍ったが、四十七歳と知って丁重にお断りをした。その医者の親も、才色兼備の娘の親から申し込まれ、「三十八歳ですか。うちは、ちょっと……」と断っていた。

佐栄子は、やっぱり女は若いうちだとつくづく思った。自分の時代、二十五歳になると、〝売れ残りのクリスマスケーキ〟と呼ばれたものだが、いまもそれは真実なのだ、と。

そうして実現した北澤清孝とのお見合いである。三十二歳。痩《や》せ形だが背丈のある彼は霞が関のエリート公務員であり、次男坊。長野県在住の父親も公務員だ。代理婚活には、母親が上京して参加していた。

「彼、和香ちゃんのこと気に入ったわよ。目の輝きでわかるもの」

ガーデンラウンジを振り返り、佐栄子は夫に微笑みかけた。心はすでに、娘のウエディングドレス選びに飛んでいる。

1

「ホテルの部屋を予約してあるからね。セックスの相性は大事だよ」

三回めのデートのときだった。ランチ後のエスプレッソを手にした清孝から真顔で言われ、和香は口に入れたティラミスを噴きそうになった。これまで紳士的に接してくれていただけに驚いたのだ。まだ手さえふれられていない。

「でも、わたし……」

「なに、ママに電話して相談する？」

「いえ。母からはもう言われています。そういうのは、お結納をすませてからって」

清孝は声を上げて笑った。

「なるほど。うすうす感じていたけど、本当にヘリコプターペアレントなんだね」

「なんですか、それ？」

「知らない？　ヘリコプターのように子供の頭上をバタバタ旋回して、わが子が失敗しないように、傷つかないように、過度に干渉する親のことだよ。小さいころからそんなふうに育てられると、自分では何も決められない、自己肯定感の低い大人になる。ひょっとして君のその洋服も、ママが選んだんじゃないの？」

　図星すぎて和香はムッとした。

「清孝さんだって、お母さまに婚活をしてもらったんですよね」

「そう、時短になるからね」

「時短って？」

「僕の友達に、五年もつき合った彼女との結婚を親に反対されて破談になったやつがいる。そんな時間の無駄は避けたいからね。親がふるいにかけた相手から選べば、なにかと齟齬《そご》がなくて済む。合理的だよ」

　和香は妙に納得してしまった。

「で、いま僕たちはお互いに好感を持っている。そうだよね？　あとは性的にも合うかだ。きっと、もっと好きになれる気がするよ。いまからホテルに行けば帰りは遅くならず、ご両親に心配もかけない」

たたみ掛けられ、気がつけば和香は従っていた。親が推奨する相手なのだから、これでいいのだろう。自分で考えると、迷うばかりで頭が痛くなる。

「でも、まさか処女じゃないよね？」

「……学生時代に強引な人がいて、ちょっと」

「そりゃよかった。ヘリコプターの目をかすめたわけだ」

清孝は愉快そうに笑った。ホテルの部屋に入るなり窓のカーテンを引き、間近に立つので、和香はキスされるのだろうと目を閉じた。そうではなく、背中のジッパーを降ろされた。

「まずは君の裸を見る」

「え？」

清孝は、手際《てぎわ》よく和香のブラウスやキャミソールを脱がせ、フレアスカートとパンティストッキングも降ろした。マネキン人形のように扱われて和香は声も出ない。もしかしたら自分は怒っているような気もする。ブラジャーが外され、締めつけられていた胸がぷるんと楽になった。

「隠さないで。きれいなおっぱいだね。思ってたよりずっと大きいし、ピンク色の乳首も僕の好みだ。ショーツは自分で脱いでごらん。ゆっくり、立ったままでだよ」

清孝はソファに腰かけた。和香は頬を真っ赤にしながら、なるべくエレガントな仕草に見えるよう意識してショーツを足首から抜く。

「陰毛もちゃんと手入れしてるね。なめらかな腰のくびれといい、そそる体をしている。後ろ姿も見せて。ああ、お尻《しり》もぷりっとして、さすが二十四歳だな」

清孝自身はジャケットさえ脱がず、革靴もはいたまま足組みし、品定めするように全裸の和香を見ている。

「腰をひねって振り返って。そう、自分で乳首を摘《つま》んでみて」

「わたしのこと、もっと好きになりました？」

和香は、やや反抗的に口にした。

「もちろんだよ。じゃ、先にシャワーを浴びてきて」

清孝とのセックスはあっさりしたものだった。ベッドに仰向けた和香の乳房を数回揉《も》んで、アソコを指で愛撫《あいぶ》し、見計らったように避妊具をつけて挿入してきた。ようやく和香が声を洩《も》らしはじめたところで、終ったのである。

「よかったね。どう？」

「はい」

和香は笑顔をつくった。よくわからないが、この人と結婚することになるのだろう。それでいい。そのはずだった。

2

まさか他に女がいるとは想像もしなかったのだ。

お見合いから三カ月後、清孝の誕生日のその日、ディナーの約束をしていたのだが、直前にキャンセルの連絡が入った。急な出張だという。

夜八時すぎ、和香が清孝のマンションに出かけたのは、思いつきだった。家から電車を乗り継いで四十分近くかかったが、プレゼントだけでも、郵便ボックスに届けておきたかったのだ。出張から帰ったら、きっと喜ぶにちがいない、と。

しかしそこで見たのは、キャリアウーマン風の女とタクシーを降りてきた清孝だった。彼女の肩を抱き、二人ともほろ酔い加減で笑っていた。小じわの目立つ女はあきらかに彼より年上だ。

「なぜ？」

エントランス前で鉢合わせ、和香は立ちすくんだ。血の気が引いて倒れそうだ。清孝は、連れの女を先にマンション内に入れ、和香を隣接する公園に引っ張った。出張は延期になったと言い、女については説明しようともしない。

「和香さんは、結婚に何を求めているの？」

沈黙しつづける和香に、清孝が問いかけてきた。答えずにいると、ふいに優しい口調になった。

「可愛《かわい》い子供のいる、そこそこ豊かな安定した生活、というとこかな」

和香は、ふっとうなずいた。涙がこぼれてくる。

「いいよ。かなえてあげる。結婚しよう。親たちも喜ぶ。ただ、僕のプライバシーには干渉しないでくれ」

キスをしようとした清孝を、和香は両手で突き飛ばした。

「バカにするのもいい加減にして！　地獄に堕《お》ちればいい」

プレゼントを投げ捨て、通りがかりのタクシーに乗ったものの、急に親のいる家に帰りたくなくなった。適当に降りて、どこをどう歩いたのかわからない。何度かスマホのＬＩＮＥの着信音が聞こえたが無視した。喉《のど》の渇《かわ》きをおぼえたとき、赤提灯《あかちょうちん》の下がる飲み屋が見えた。この種の店に入ったことはなかったが、怒りによる自暴自棄が暖簾《のれん》をくぐらせた。

「いちばん強いお酒をください」

古びたカウンターで、和香は泡盛をストレートであおった。二杯めを飲み干したところで目がまわって椅子から転げ落ちた。抱き起こしてくれたのが、隣で飲んでいた二十六歳の吉岡祥太だ。筋肉質の太い腕の感触が頼もしかった。

「もう飲むな。ほら、水だよ。うちはどこ？　送ってやろうか」

ぐらぐらする頭を上げると、日焼けした肌に白い歯の、精悍《せいかん》な顔があった。和香は、本当はこういう野性的な顔だちがたまらなく好きだ。

「……うちには帰りたくない」

自分でも驚くほど甘えた。

「だったら俺のアパート、すぐ近くだけど来るか」

和香には夢のような冒険だった。木造モルタル造りの六畳一間のアパートで、祥太がシャワーを浴びている間、和香はＬＩＮＥを開いた。母親から〈いまどこ？〉〈早く帰りなさい〉〈パパも心配してる〉と矢継ぎ早にメッセージが来ていた。清孝からはなかった。

〈返信遅れてごめんなさい。彼氏と一緒にいるから安心して（笑）〉

母親に送信して、電源を切ったところで睡魔に襲われた。万年床に潜りこんだのは無意識だ。

ぼんやり目が覚めたとき、和香は半裸の祥太に腕枕《うでまくら》をされていた。自分はスリップ姿になっている。

「なにかした？」

跳ねるように上体を起こすと、やおら祥太が片肘を立てて笑った。裸の胸板は厚く、たくましい。

「ワンピースがしわになるから脱がせただけ。酔った女を犯すわけにいかないでしょ。これからする？」

見つめられて髪を撫《な》でられ、和香は思わず祥太に身をあずけた。つぎの瞬間には荒々しく組み伏せられ、くちびるを奪われる。それだけで膣口《ちつこう》がツーンと甘く収縮し、気が遠くなりそうだ。

目の端に映った目覚まし時計は一時をまわっていた。夜十時が門限だが、もうどうでもいい。

祥太は、和香のスリップもブラジャーも剝《は》ぎ取った。無骨な手で両の乳房を揉み上げながら、赤ん坊のように乳首に吸いついてくる。ときに甘嚙《あまが》みし、同時に股間《こかん》に、硬くたくましいモノをぐいぐい擦《す》りつけてきた。祥太のオスの体臭が、和香のメスを高ぶらせ、「あ、ああん」と喘《あえ》がずにはいられない。

「俺さ、おまえのことメチャ好きみたいよ。ひと目惚《ぼ》れっていうのかな」

そう言いながら、祥太はいきなり和香の足もとに座り、桜色のショーツを引き抜くや、その足を折り曲げて大きく開いた。

「ほら、丸見えだ。すげえ、びしょびしょに濡《ぬ》れて、クリが勃《た》ってる」

「いや！　お願い、やめて」

清孝からはこんな格好にされたことがなかった。でも、恥ずかしいほど嬉しいのはなぜだろう。「だめっ」と叫んだのは、もっとも感じるソコを口に含まれたときだ。祥太の舌先が肉襞《にくひだ》の溝をなぞり、紅《あか》く尖《とが》った芯を執拗《しつよう》についばむ。蜜《みつ》を吸ういやらしい音まで聞こえる。

「わたし、もう、おかしくなる」

声を震わせてのけぞったとき、祥太が体を反転させた。

「俺のも」

和香の口に黒光りするペニスが押しこまれた。窒息しそうなほど大きく、清孝のソレとは比べものにならない。互いの腰を抱いて舐《な》められながら舐めた。和香はこれも初めてだった。最初は、こんなおぞましいことをされるなんて、と泣きそうになったが、気持ちよくてたまらない。

いよいよ挿し貫かれたときは、目の前が真っ白に発光した。裂けそうな痛みは、抜き挿しごとに強烈な快感に変わる。祥太がうめいた。

「おまえ、すごく締まる。いいよ。最高の女だよ」

3

一夜かぎりの火遊びにはならなかった。和香は、生まれて初めて自分が自分になれた気がする。

両親には清孝の裏切りを告げ、二度と会わないと断言。未明の帰宅になったのは、ファミレスで泣いていたからだと説明した。

「和香ちゃん、ごめんね。ママが今度こそいい人を見つけてくるから」

おろおろと抱き寄せようとする母親から、和香はやんわりと逃れた。

「ありがとう。もう大丈夫。でも婚活はしばらくお休みさせて」

門限を守りながら、和香は毎日のように祥太との逢瀬《おうせ》を重ねた。

「俺、子供のころから人間関係がヘタでさ」と弱みも口にした彼は、強い男になりたくてプロボクサーを目指した時期もあったという。転職を繰り返し、半年前からは建設現場で日雇いとして働いていた。一輪車でひたすら生コンを運んだり、スコップで穴掘りをしたりと、そんな話を面白可笑《おか》しくしてくれる。

和香は、とにかく祥太の顔を見ているだけで幸せだった。性交は獣のように激しく、和香の腰つきは艶《なまめ》かしくなる。祥太は重機の運転免許を取るために貯金を始めた。和香と結婚したい一心だった。

〈和香ちゃん、これはどういうこと？　ママ、外で待っているから〉

母親からそんなLINEが届いたのは、祥太の部屋で夕食を作ろうとしていたときだ。同時着信の写真には、アパートの外階段を上る和香と祥太の仲睦《なかむつ》まじい姿が映っている。

尾行されていたのだ。和香は青ざめた。祥太も画面を見て驚いた。

「わたし、帰らなくちゃ」

「こんなの、おかしいだろ」

母親は外階段の下に立っていた。部屋を飛び出した和香を追いかけてきた祥太は、母親に深々と頭を下げて挨拶《あいさつ》をしたが、汚いものでも見るような一瞥《いちべつ》だけで完全に無視された。和香は悪さがバレた子供のようだった。呼び止める祥太の声にも振り向かず、母親が待たせていたタクシーに乗る。祥太はキレた。

「てめえら、バカヤロー、何様のつもりだ。殺すぞ！」

凄《すさ》まじい形相で窓を叩《たた》き、発進した車体まで蹴《け》りつける。怯《おび》える和香の手を母親は握った。

「ママの言うことを聞かないから、こんなバカな目にあうのよ」

和香はすぐに、祥太の電話番号を着信拒否に設定し、ＬＩＮＥもブロックする。

しかし惨劇はその夜に起きた。深夜二時すぎ、刃物を持った祥太が坂本家に侵入したのだ。和香は首や胸を刺されて即死。もみ合った父親も出血多量で死亡し、母親は重体。逃走した祥太は、二キロほど離れたビルの屋上から飛び降りて死んだ。

新聞で事件を知った清孝が、感情のない声でつぶやいた。

「ヘリコプターペアレント家族の成れの果てかよ」

「白い悪魔」を退治した田舎男の〝いじりこんにゃく〟

蜂谷涼

蜂谷涼（はちや・りょう）１９６１年北海道生まれ。98年『煌浪《こうろう》の岸』でデビュー。２００８年『てけれっつのぱ』の舞台化で文化庁芸術祭賞（演劇部門）の大賞を受賞。主な著書に『雪えくぼ』『へび女房』『修羅ゆく舟』などがある。

学芸員の宮本浩介《こうすけ》は、単身赴任した町で高校の同級生・工藤亜希子と再会し、深い仲に。その関係は浩介が戻るのを機に終わったが、ひょんなことから妻の冬実にバレてしまい……

1

工藤亜希子の叢《くさむら》は、早くも濡《ぬ》れそぼっていた。宮本浩介は、少し垂れ気味の亜希子の乳房に舌を這《は》わせながら、中指と人差し指で叢から突き出た芽をいたぶった。

「ああ。たまらんに」

故郷の言葉でつぶやく亜希子が愛《いと》おしい。

「亜希ちゃん。これ、好きだべ」

浩介は、さらに激しく指を使った。

「んだ。好きだっちゃ」

亜希子が腰を揺さぶり、浩介の二本の指を泉の源に呑《の》み込んだ。屹立《きつりつ》したものが、亜希子のふっくらした手に握られた。その動きが次第に早くなった。あまりの心地好さに、短く呻《うめ》いてしまった。

「行ぎそうだよ、もはぁ」

下腹に力をこめてこらえた瞬間、肩を突き飛ばされた。

「亜希ちゃんって、誰？」

冷たい声が、耳に刺さった。ぎょっとして目を開けると、隣のベッドにいるはずの冬実が、浩介を間近で睨《にら》みつけていた。

「寝言だと、ごまかしても無駄よ」

唇だけで微笑《ほほえ》みかけられて、ぎくしゃくと起き上がった。平成最後の師走《しわす》も残すところ半月。もうじき、朝が来ようとしていた。

「すべて白状するまでは、家から一歩も出させないわ」

結婚して二十年、冬実は常に有言実行だ。肚《はら》を括《くく》るしかなかった。

亜希子とは、福島県にある高校の同級生だった。卒業以来三十五年ぶりに再会したのは二年ほど前、札幌市内の美術館で学芸員を務める浩介が、新設される美術館の開館準備を手伝うため、道北の町に単身赴任して間もなくだ。亜希子は、浩介がふらりと入ったスナックを一人で切り盛りし、店の二階で暮らしていた。初めは互いに奇遇に驚いたものの、四度目に店を訪れた夜、予《あらかじ》め決められていたかのように肌を重ねた。

当時の冬実は、一人娘の萌《もえ》が大学受験を控えていた上に更年期障害もあったのか、朝から晩まで苛々《いらいら》しており、浩介の足は札幌市郊外にある自宅から遠のいていった。しかし、亜希子が「宮本君がこの町にいる間だけだっちゃ」と繰り返していた通り、去年の初夏、新しい美術館が開館して浩介が札幌に戻るのを機に、二人は別れることにしたのだった。

「まるで、安っぽい演歌みたいね」

冬実に鼻を鳴らされて、パジャマ姿のまま床に土下座した。

「本当に申し訳ない。この通りだ」

「成城の父が、大人しいだけが取り柄の純朴な男だって言ってたけど、あなたも隅に置けないじゃない」

後ろ頭に降って来た言葉に、肩が強張《こわば》った。が、非は自分にあるのだ。浩介は床に額をこすり付け続けた。

あくまでも、しらを切り通すべきだった。亜希子との関係を告白したのは、無意識のうちに自分の気持を軽くしようとしたからだ。冬実は、それを見抜き「嘘《うそ》を吐《つ》く優しさもないのね」と目に角を立てた。後悔しても遅かった。家にいる間中、浩介は責め立てられるようになった。

「私より八つも年上のババァで勃《た》つとはねえ」

風呂《ふろ》に入れば、冬実のものとは思えぬ卑猥《ひわい》な言葉が洗面所から響き、

「そのお口で、ゆるゆるのあそこをしゃぶってあげたの？」

歯を磨いていれば、小首を傾《かし》げて覗《のぞ》き込まれた。

「実家への仕送りがあるから、ホテル代を惜しんだのね。店の二階でするなんて惨《みじ》めだったでしょ」と、気の毒げな顔をされたときには、喉《のど》の奥がかっと熱くなった。福島で母と暮らす弟の慎介は、路線バスの運転手で、当節珍しい六人の子沢山だ。援助するのは当然だと思っていた。

どんな罵《ば》倒《とう》にも、浩介は無言で耐えた。東京の大学に通う萌が、ウィーンで正月を迎えるために、この冬休みは帰省しないのが救いだった。

2

その日は雪もよいのせいか来館者が少なく、発熱している気がして、昼過ぎに早退した。

「私の誕生日だから、午後は有給を取ったのね。萌からは、ほら」

冬実が、玄関ホールの花台に置いたアレンジメントフラワーに久々の笑顔を向けた。まかり間違っても、忘れていたとは言えなかった。

「一人じゃ気の利《き》いたプレゼントを選べるわけがないし、一緒にデパートへ行って、罪滅ぼしかたがたダイヤのリングでも買ってくれるんでしょ。支度するわね。待ってて」

いそいそとクローゼットに向かうのを見ると、なおさら何も言えなくなった。冬実がしっかりメイクを施し、気に入りのワンピースとコートでめかし込むまで、ほぼ一時間かかった。その間に、外は吹雪《ふぶ》いて来た。

「明後日の休館日にしないか」

「それじゃ意味ないわ」

外国人のように肩をすくめられ、浩介は車庫から車を出した。

市街地に入る前に、吹雪は、ますますひどくなった。助手席から冬実の鼻歌が聞こえるが、浩介は、前の車のテールランプに目を凝らすだけで精一杯だった。信号機や道路標識はむろん、路肩がどこなのかも、皆目わからない。まさに、白い地獄だ。

一瞬、視界が開けた。前走車が、目前に迫っていた。咄嗟《とっさ》にハンドルを左に切った。横滑りした。次の刹那《せつな》、歩道の電柱に突っ込んでいた。

救急車で運ばれた冬実は、右の鎖骨を骨折しており、手術を受けることになった。数日で退院できるとはいえ、通院でのリハビリが必要で、全治四か月ほどだという。

無傷の浩介には、身の置き所がなかった。

ＬＩＮＥで報《しら》せると、萌は最終便で駆け付けた。

「わざわざ帰って来なくても」

冬実が個室のベッドで眉《まゆ》を寄せ、萌が大きく首を振った。

「ウィーン旅行は、キャンセルしたの。ママが重傷を負ったのに、行けるはずがないわ。看護師さんに許可をもらって、私がママに付き添う」

冬実と萌は「一卵性母娘《おやこ》」と呼びたくなるくらいに仲が良かった。

「パパは家に帰って休んで。むち打ち症は、あとで症状が出ることもあるって。くれぐれも気をつけてね」

「じゃあ、萌に甘えるとしようか」

浩介は、愛娘《まなむすめ》に軽く頭を下げた。

萌の肩越しに、冬実が憎悪《ぞうお》に満ちた目を向けてきた。

明くる日から、萌は自分と冬実の着替えを取りに戻る以外は、病室に詰めていた。

浩介は保険会社との交渉などの事故処理を片付けつつ職場に通い、帰宅途中に冬実を見舞った。経過は順調だったが、冬実は、浩介とは口を利こうとしなかった。

「いくら誕生日プレゼントが欲しくたって、吹雪の中、パパに車を出させたママだって悪いのよ」

萌が苦笑いするところを見れば、さすがの冬実も、浩介と亜希子とのことは伏せているものと思われた。

冬実の退院を翌日に控えた朝、浩介は、たびたびポストに入っていた宅配便の不在通知を手に、その夜に配達してくれるよう連絡した。

帰宅後ほどなく届けられたのは、母が手作りした福島の漬物『烏賊《いか》にんじん』だった。さっそく器に取り、一緒に送られてきた地酒を傾けた。

細く裂いたスルメと細切りの人参《にんじん》を漬けたそれは、まぎれもない故郷の味がした。

亜希子も、自ら漬けては店の客に振る舞っていた。

今頃どうしているだろう……。

烏賊にんじんを咀嚼《そしゃく》するうちに、きめ細やかな肌の感触が手のひらに蘇《よみがえ》った。「入れてくれろ」と切なげに乞《こ》う声も、ありありと耳に蘇る。

可愛《かわい》すぎて揉《も》みくちゃにしたり、触りまくったりすることを浩介たちの故郷では「いじりこんにゃくする」と言う。亜希子は、まさに「いじりこんにゃくしたくなる」身体《からだ》の持ち主だった。

柔らかな乳房は、吸いつくように手に馴染《なじ》み、滑らかな太ももは、すぐに熱を帯びる。足を大きく開かせて爪先《つまさき》を舐《ねぶ》ってやると、襞《ひだ》が蜜《みつ》を滴《したた》らせる。その襞と尖《とが》った芽を浩介は飽くことなく弄《いじ》り続けた。亜希子が浩介のペニスに手を伸ばし「入れてくれろ」と懇願するまで、ずっと。

亜希子とのセックスは、いつだって互いの淋《さび》しさを埋め合うようなものだった。最後の夜には「宮本君とこうなれただけで、北の果てまで流れ流れて来た甲斐《かい》があったっちゃ」と目を潤《うる》ませていた。今更ながら、亜希子のけなげさが胸に迫った。

思わずスマホに手を伸ばし、亜希子に電話をかけていた。コール音を五回聞いたところで、我に返った。

萌にも冬実にも顔向けできない。

浩介は、急いで受話器マークをタップした。

「こんな目に遭わされるなら、北大へなんか入学するんじゃなかった」

退院した日の夜、冬実が隣のベッドでつぶやいた。冬実は、大学時代に美術館で監視員のアルバイトをしていて、浩介と知り合ったのだ。

「怪我《けが》をさせてしまったことは、すまないと思っている。だが、大昔の話まで持ち出すのは、どうかな」

「あなた、わざと事故を起こしたのよね。私を殺せば、例の女とよりを戻せるもの」

「馬鹿《ばか》な」

声を荒げかけて、その先を呑み込んだ。二階では、萌が寝ている。

「成城の家に帰りたい。でも、そうしたら、あなたの思う壺《つぼ》だわね。私が里帰りしたのをこれ幸いと、亜希子とやらを呼び寄せて、そのベッドでやりまくるのは目に見えてるわ」

痛みを軽くするため、冬実はクッションを背中の下に重ねて、リクライニングシートのようにしていた。そのせいか、萌にかけるのとは全く別の恐ろしくひび割れた声が、浩介の額の上で響いた。

「私、絶対に別れないから」

「……僕も、そのつもりだ」

長くて重い冬実のため息が聞こえた。二人の間に降り積もるように、目覚まし時計が時を刻む音が重なっていった。

萌は甲斐甲斐しく家事をこなし、冬実の世話をしてくれた。冬実は、萌がいるところでは笑顔を絶やさないものの、二人きりになった途端に、凶器に近い言葉で浩介を苛《さいな》んだ。それは、例年通りに冬実の実家から老舗《しにせ》料亭のお節《せち》料理が届いても、新年を迎えても、何ら変わらなかった。

「春休みに入ったら、すぐ帰るね」

前日は悪天候で新千歳《しんちとせ》空港が閉鎖されたが、萌が予約した七日の昼の便は、どうやら飛びそうだとのことだった。

「春休みが待ち遠しいわ」

早めに空港へ向かう萌を玄関先で見送りながら、冬実が固定用バンドに顎《あご》を埋めるようにして洩《も》らした。浩介とて同じ気持ちだった。

3

夕方になっても、萌からは何の連絡もなかった。

「萌、乗れたのかしら」

冬実が、ダイニングテーブルに頬杖《ほおづえ》をついた。

「東京に着いたら、LINEが来るさ。晩飯は、寿司《すし》でも取ろうか」

「田舎育ちの父親は呑気《のんき》なものね」

吐き捨てられて、目を伏せた。

「それより、誓約書を書いて」

「誓約書？　そんな必要は」

「見たのよ、発信履歴。この期《ご》に及んでも、裏切り続けていたのね」

ぎらつく目が眉間《みけん》に据えられた。背筋に悪寒《おかん》が走った。

「亜希子とかいう女には、もう一生会わない。死ぬまで絶対に、浮気はしない。もしも浮気したら、陰茎を切り落とす。そう書きなさいよ」

冬実が口にした文言をそのまま記し、震える手で署名捺印《なついん》した。

「ちょっぴり、お腹空《なかす》いちゃった。成城が送ってくれたカスピ海産のキャビア、まだあるでしょ。セロリを切って。筋を取るのも忘れずにね」

冬実に命じられた通りに、セロリを切り分け、茎の窪《くぼ》みにキャビアを盛りつけた。

これが冬実の大好物だ。

「あとは？」

「成城から届いた二〇一四年のモンラッシェ・グラン・クリュに決まってるじゃないの」

「酒は身体に障《さわ》るだろ」

「誰が重傷を負わせたんでしたか」

返す言葉がなかった。浩介は、自分の給料では手が届かぬ白ワインをグラスに注いで、冬実の前に置いた。

「あなたも何か召し上がれ」

顎をしゃくられて、のろのろと冷蔵庫のドアを開けた。

ない。烏賊にんじんを入れた容器が、どこにもない。

「もしかして、田舎のお漬物を探してる？」

振り向くと、冬実がにやりと笑いかけてきた。

「あれなら、とっくに捨てたわよ」

「……なんで」

「臭いから」

「沢庵《たくあん》や鰊《にしん》漬《づ》けに比べれば、ほとんど臭《にお》わないじゃないか」

少しむきになっていた。

冬実がワイングラス片手に、ゆるゆると首を振った。

「そうじゃなくて、貧乏臭いのよ」

何を言われているのか、理解できなかった。

「ねえ、長い間気になっていたんだけど、あなた、恥ずかしくないの？　数量限定の特製お節やキャビアだけじゃないわ。伊勢海老《えび》に松葉《まつば》蟹《がに》に、A5ランクの但馬牛《たじまぎゅう》。フォアグラや白トリュフや、マンガリッツァ豚。成城から来るのは、どれも最高級品ばかりよ。それに引替え、あなたのお母様は、あんなしみったれたお漬物を臆面《おくめん》もなく、お歳暮として送りつけていらっしゃる」

「僕の実家が経済的に苦しいのは、結婚前から知ってただろ」

「貧しいのが悪いとは言わないわ。けど、ここまで無神経なのは、いかがなものかしら。お母様も、お母様なら、慎介さんも慎介さんよ。犬猫みたいに、ぽこぽこぽこぽここ子供を作っては、平気な顔して仕送りを受け続けているんですもの」

小学生にでも言い聞かせるようだった。冬実は、満面に笑みをたたえていた。

ふいに、四十年近く昔の母の姿が瞼《まぶた》に浮かんだ。背中を丸めて内職のミシンをかける後ろ姿だ。

「おらは中卒でも良いから、兄《あん》にゃは大学へ行け」

慎介のニキビ面《づら》も瞼に浮かんだ。胸が鋭く疼《うず》いた。

「お母様と慎介さんのことを考えてみれば、あなたが、場末の飲み屋の女と貧乏ったらしい部屋で乳繰り合うのも当然よね」

「下品な言い方をするなッ」

冬実が、満面の笑みのままで浩介を見上げた。

「福島での同級生だもの。しなびたおっぱいを吸ったら、お漬物の味がしたんじゃない？　おふくろの味、烏賊にんじんの味が」

我知らずのうちに、冬実を平手打ちしていた。冬実が、椅子《いす》から転げ落ちた。

「白髪の生えたあそこは、ちゃんと濡れてた？　お母様の股《また》ぐらみたいに温かかった？」

真っ白な顔で床に転がっているのは、冬実じゃない。常々「裕福じゃなくたって、心豊かに暮らせたら、それで充分幸せ」と繰り返していた俺の妻とは別人だ。

「その女も、お母様と同じく、訛《なま》り丸出しで善《よ》がったんでしょ。スルメ臭い口で、あなたのものをくわえたんでしょ」

こいつは、白い悪魔だ。

ふらふらと流し台に近寄った。セロリを切った包丁に手を伸ばした。

吹雪の中にいるように、目の前が霞《かす》んでいた。耳元で風が吹き荒れていた。

悪魔を退治しなければ。

めったやたらに、包丁を振り下ろした。風の底から、悪魔の叫び声が響いてきた。

目の前の吹雪が、赤く染まった。

どれくらいそうしていたことだろう。浩介は、包丁を手にしたまま、その場に立ち尽くしていた。

「ああ、疲れた。十一時間も待たされて、結局乗れなかったのよ。空港からタクシーで帰って来ちゃった。運転手さんを待たせてるの。ママ、お願い。お支払いして」

小走りの足音と共に、萌の声が廊下から近づいてきた。

ダイニングルームのドアが開く音を背中で聞いた。萌が、ひいっと息を引く音も。

萌の絶叫が窓ガラスを震わせたのは、数秒経《た》ってからだった。

「あの人は、もう私の父ではありません。最愛の母を殺した犯人です。命をもって、償ってほしいです」

事情聴取を受けた際、萌が背筋を伸ばしてそう応《こた》えたと聞かされて、浩介は、静かに目を閉じた。

牧村僚

「録音」を鼻で笑われたルームの〝落第塾生〟

牧村僚（まきむら・りょう）１９５６年東京生まれ。筑波大学卒業。音楽ライター等を経て小説家に。百冊以上の著作を持ち、近刊に『人妻の契り』『淫惑のシグナル』等がある。

伝説のナンパ師に弟子入りして半年、俺は腕を上げ、今日も若い子を相手に欲望を満たしていた。そのうち「上級の女」を抱きたいとつい欲が出て、同門の先達に話したら……


「すごいわ、岸本さん。もうこんなに硬くして」

裸になった俺の足もとにひざまずいた田丸香織が、驚いたように言った。下腹部に貼《は》りつくほどそそり立った肉棒に手を伸ばしてきた香織は、それをすっぽりと口に含む。

「おお、香織。きみの口は最高だ。いいよ。すごくいい」

フェラチオの快感が背筋を這《は》いのぼるのを感じながら、俺は不思議な気分だった。香織は飲み屋でバイトをしている二十一歳の女の子だ。俺がナンパして、きょうで会うのは三度目になる。

会社に勤めだして十四年、俺は三十六歳になった。もともと女性との付き合いは苦手で、学生時代にも彼女はいなかった。二十九のときに見合い結婚し、いまは三歳の一人娘もいる。

しかし、もうすこし面白い人生もあるのではないかと思い、半年前、俺は伝説のナンパ師と呼ばれる太田康生《こうせい》が開いている『トータルナンパ塾』に入った。大枚をはたいたが、それなりに収穫はあり、ものにした女性は香織でもう十人目になる。

ナンパの際に大事なのは、なんのことはない、声をかける勇気と、失敗を恐れないこと、この二つだった。十人の女性と成功している俺だが、その倍以上はふられている計算になる。怖さはまったく感じない。すっかり自信もついて、香織は楽々ものにできた。

「コツさえつかめれば、あとは流れですよ。あなたなら、月に十人以上は落とせるんじゃないかな」

初めてのナンパ成功を報告したときにかけてくれた太田の言葉が、いまも耳に残っている。

香織の愛撫《あいぶ》が徐々に激しさを増してきた。首を前後に振って肉棒を刺激する一方、左手の指先を陰嚢《いんのう》にあてがい、くすぐるように撫《な》でてくる。そろそろこっちがサービスする番だろう。

「俺、感じすぎたよ、香織。さあ、あとはベッドだ」

ペニスを口から解放し、香織は立ちあがった。手の甲で、もれてきた唾液《だえき》を拭《ぬぐ》う仕草がまた妙に色っぽい。

俺の好みに合わせて、香織はキャミソール一枚だけを身につけている。大きく揺れるEカップの乳房と、むっちりした白いふとももが、俺の性感を刺激する。

俺は香織を両手で抱きあげ、寝室へと運んだ。ここは都内の一等地にあるマンションの一室で、『トータルナンパ塾』が用意してくれたものだ。塾生たちは『ルーム』と呼んでいて、前もって申し込んでおけば、低料金で使うことができる。

香織の体をベッドにおろし、俺も隣に身を横たえた。唇を合わせ、舌をからめながら、右手を香織の下半身におろした。内ももの手ざわりをゆっくり楽しんでから、指先を秘部にあてがうと、香織がびくんと体を震わせた。その部分は、すでに淫水《いんすい》まみれだ。

「すごいな、香織。きょうもぐしょぐしょじゃないか」

「岸本さんのせいよ。私をこんな気持ちにさせて」

香織に大きく脚を開かせ、俺はその間で腹這いの姿勢をとった。両手で下から左右のふとももに触れながら、秘部に向かって顔を近づけていく。淫靡《いんび》な女臭に、頭がくらくらした。舌を突き出し、クレバスを縦にすっと舐《な》めあげる。

「ああっ、だ、駄目」

香織はほんとうに感じやすい。またじゅっとばかりに蜜液《みつえき》があふれてきた。一部はベッドに垂れ落ちて、シーツにシミを作る。

俺の舌が、豆粒状に硬化したクリトリスをとらえた。豆をころがすように、とがらせた舌先を回転させる。

香織は悲鳴に近い声を放った。だが、お楽しみはこれからだ。俺はふとももに触れていた左手を放し、顔の下に持ってきた。舌の動きを止めないまま、中指一本だけを肉洞に突き入れる。上に向けた指の腹に、細かく刻まれた肉襞《にくひだ》が当たってきた。指を前後に動かして、襞をこそげるように撫でてやる。

「あっ、ほ、ほんとに駄目。私、もう……」

初めてのときも二回目も、香織はこの愛撫でのぼりつめた。俺の二段攻撃が、どうやら気に入ったらしい。しかし、今夜はもう待てないようだった。両手で俺の髪をつかみ、懇願するように言う。

「お願い、岸本さん、来て。欲しいのよ。あなたの硬いのが欲しい」

俺は肉芽から舌を離し、肉洞から指を引き抜いた。香織の体の上を這いのぼる。

「いいのか、香織。きょうはまだいってないのに」

「大丈夫。いまはとにかく欲しいのよ、あなたが」

香織は下腹部に右手をおろしてきた。屹立《きつりつ》したペニスを握り、張り詰めた亀頭《きとう》を淫裂へと誘導していく。

肉棒の先に蜜液のぬめりを感じたところで、俺はぐいっと腰を突き出した。肉茎はずぶずぶと香織の肉洞に飲み込まれる。

「ああ、香織」

いい感触だった。セックスの相性は完璧《かんぺき》と言ってもよかった。俺が腰を使いだすと、肉襞がいやというほどペニスを刺激してくる。

「ああっ、す、すごいわ、岸本さん。私、おかしくなりそう」

「俺もだよ、香織。俺も、いい」

気がつくと、いつの間にか香織は右手を、密着した二人の腹部の間にすべり込ませていた。俺に抱かれながら、自らクリトリスを愛撫しようというのだ。いい心がけと言うべきだろう。これで俺も心置きなくピストン運動ができる。

俺が腰振りのスピードをあげると、香織はまた悲鳴に近い声をあげた。指先で肉芽をこねまわしているのだろう。

「いくわ、岸本さん。私、いっちゃう。ああっ」

がくがくと全身を揺らして香織が快感の極みに到達した直後、俺も射精した。濃厚な欲望のエキスが、香織の肉洞内にほとばしっていく。

十分に満足なはずだった。香織は間違いなくいい女だし、俺は欲望をたっぷり満たしたのだから。

だが、何か心に引っかかるものがあった。香織も含め、相手をしてくれた女性に対して感謝の気持ちはあるものの、彼女たちが、人間としてなんとなく軽すぎる気がしてならないのだ。

俺がものにできるのは、せいぜいそういうレベルの女ってことなんだろうか。俺はそんなふうに悩まなければならなかった。

＊

香織と抱き合った翌日、俺は相馬と飲んでいた。相馬は二十八歳。俺たちは『トータルナンパ塾』で出会った。年齢は下ではあるものの、塾では相馬のほうが先輩だ。俺はまだ十人だが、相馬はすでに百人以上と『ルーム』で楽しんでいるという。

なんとなく気が合って、俺たちは月に一度はこうやって飲んでいる。相馬も高校や大学ではまったくモテず、初体験も二十一までできなかったのだという。彼は俺と違って独身だが、『トータルナンパ塾』で人生が変わった、とまで言っている。

俺だって、塾のおかげで欲望は十分に満たせるようになった。だが、親しくなった女性に対して、間違いなく不満を感じている。俺はそれを相馬に打ち明けた。

「なんて言ったらいいのかな、ちょっと人間的に軽い気がするんだよな。俺に引っかかるのは、そういうレベルの女なのかなとも思うんだけど」

「うーん、どうですかね。確かに、引っかけやすい女の子っていうのはいますよね。軽いって感じ、よくわかるな。でも、中にはいいのもいますよ。俺がいま付き合ってる奈津実なんて、けっこういけてるんですよね。Ｉっていう商社勤務なんですけど、それなりに仕事もできるみたいだし」

「商社か。となると、英語とかも堪能《たんのう》なのかな」

「ああ、それはもうばっちりだそうです。会社の中で、偉くなろうって気持ちもあるようですしね」

相馬が少しうらやましかった。俺が付き合った中にも会社員の女性がいないことはないが、みんなごく普通のＯＬなのだ。いずれは結婚して退職したいというタイプで、仕事に情熱を持っているような女性とはまだめぐり会っていない。

「女性から見ると相馬くんのほうが、俺なんかより頼りになる感じがするんだろうな、きっと」

「そんなことありませんよ。同じサラリーマンじゃないですか。あっ、そうだ。奈津実の同僚の女性とか、会ってみます？」

「そんなことができるのかい？」

「合コンってほどじゃないですけど、みんなで飲もうって話は出てるんです。いいですよ、商社勤めの女性。ぜひやりましょうよ、飲み会。岸本さん、そこで迫ってみればいいじゃないですか。うまくいったら『ルーム』へ連れていけばいい。そこまでは俺も付き合いますよ」

「商社勤めか。うん、悪くないな」

俺は相馬に甘えることにした。紹介してもらったのでは、一からのナンパということにはならないが、レベルの高い女性に対する度胸試しにはなるだろう。

香織ともデートを重ねながら、俺は相馬から声がかかるのを待った。

*

相馬から連絡が来たのは二週間後だった。相馬が落とした田代奈津実は二十六歳。彼女の二年先輩で、いまはI社のアジア営業部の主任をしている白石有紀という女性が一緒に来るという。

有紀の希望だとかで、飲み会は居酒屋などではなく、ホテルのバーでということになった。少し緊張しながら、俺はホテルに向かう。

相馬と二人で待っていると、五分遅れで二人が現れた。俺にとっては二人とも初対面ということになる。

奈津実も確かにいい女ではあったが、有紀はとんでもない美人だった。仕事に対する自信のせいなのか、初めて会う俺や相馬に対しても、おどおどしたところがまったくない。そのうえ、肉体的にも完全に俺の好みなのだ。紺色のミニスカートの裾《すそ》からは、むっちりしたふとももの下端がのぞいている。

欲望は一気に高まってきたが、これは難敵だな、というのが俺の第一印象だった。街で出会ったとしても、とても有紀は落とせそうにない。

俺たちは生ビールを頼んだが、有紀は最初からスクリュードライバーだった。ウォッカのオレンジジュース割りだ。乾杯のあと、あっという間に二杯を空けてしまう。酒はかなり強そうだ。

酒が入ってくると、仕事の話を中心に、場はかなり盛りあがった。いま主任という地位にある有紀は、もう少しで課長補佐になれるのだと、やや自慢げに言った。男を含めても、同期入社の中では出世頭らしい。

俺の有紀への欲望は、どんどん高まっていった。こんな女を抱いてみたいという、見本のような女に思えてくる。

あとのことがあるから、俺はビールのあと、ハイボール二杯に抑えていた。有紀のほうはスクリュードライバーを五杯は飲んだだろう。

タイミングを見て、相馬が言った。

「俺たちが共同で借りてるマンションがあるんだ。酒も食べ物もたっぷりあるし、そこへ移動しないか？」

奈津実のほうは最初からそのつもりだったらしく、すぐにうなずいた。有紀は少し迷ったようだったが、奈津実も行くのならということで、結局、了承した。いよいよだ。軽いという感じがまったくしない有紀を、なんとかものにしなければならない。

『ルーム』に移り、俺は有紀にテキーラを勧めた。これもあっという間に三杯を空けた。ダーツゲームを楽しみ、負けた人間は服を一枚脱ぐというルールを相馬が決めたが、有紀は文句を言わなかった。奈津実はすぐにパンティーとブラジャーだけになり、有紀もブラウスまで脱いだ。かなり酒が効いているようで、ソファーでいまにも眠ってしまいそうな表情をしている。

「じゃあ、俺たちはそろそろ帰るわ。岸本さん、あとはよろしく」

相馬がそう言い、奈津実を連れて出ていった。

俺はスマホを録音状態にした。ナンパ塾で、レイプを疑われないように注意しろ、と言われていたからだ。

「有紀さん、そろそろベッドへ行こう。いいだろう？」

「えっ？　え、ええ。もうお酒はたくさん」

俺の言葉に答えたとは言えないが、とにかく有紀はうなずいた。これを聞かせれば、有紀が俺とのセックスを承諾したことになるに違いない。

俺は有紀を抱き起こし、スカートを脱がせた。続いてパンストを引きおろし、ブラジャーもはずした。パンティー一枚になった有紀を抱きあげ、寝室のベッドへと運ぶ。

スマホはベッドの枕元《まくらもと》に置く。

「有紀さん、脱がせるよ。いいね」

「えっ？　ああ、私、もう駄目。お酒、飲めないわ」

着ているものをすべて脱ぎ捨て、俺はベッドにあがった。白いふとももは、むっちりと量感をたたえていた。その光景を目にしただけで、俺のペニスは完全勃起《ぼっき》している。俺はするりとパンティーを脱がせた。できるだけ脚を開かせ、その間で腹這いの姿勢をとる。

有紀の秘唇《ひしん》はきれいなピンク色をしていた。俺は迷わず、その部分に舌を這わせた。舌先をとがらせ、クレバスの合わせ目をなぞる。クリトリスは香織よりも大きめだった。舌でころがすと、有紀は悩ましい声をあげた。いやがっているそぶりは、まったくない。

「ああん、駄目よ、そんなこと。えっ、なあに？　何してるの？」

俺はかまわずに舌による愛撫を続行した。有紀の秘唇からは、明らかに蜜液が湧《わ》き出ていた。もう間違いない。有紀は完全に俺を受け入れたのだ。

俺は有紀の体の上を這いのぼった。両手を首にまわしてくれるようなことはなかったが、俺は十分すぎるほど興奮していた。それでも一応、断りを入れる。

「有紀さん、入るよ。きみの中に、入るからね」

返事はなかった。だが、拒絶の言葉もない。

張り詰めた亀頭の先端を、俺は有紀の秘部に合わせた。腰に力をこめると、肉棒はするっと有紀の肉洞に飲み込まれた。もう十分に濡《ぬ》れているらしく、腰を使いだすと、ぬめりの快感を覚える。

「ああ、有紀さん。最高だよ、有紀さん」

俺は右手で、有紀の左脚をかかえた。ふとももに手のひらをあてがいながら、腰の動きを速めていく。

有紀はずっと目を閉じていたが、決して抵抗はしなかった。ときどきもらす声は、間違いなく悩ましさを帯びている。

やった。俺はI社の主任をしている女を、いま抱いているんだ……。

「おおっ、有紀さん」

間もなく俺は射精した。ペニスの脈動がおさまったところで、有紀の上にぐったりと身を預ける。

初めて上級の女を抱いたせいなのか、俺は言いようのない満足感に包まれていた。

＊

三日後、俺は刑事に同行を求められた。すでに逮捕状が出ているのだという。

無理やり酒を飲まされたうえに暴行された、と有紀が被害届を出したのだ。奈津実までもが、好きでもない酒を飲まされたと証言しているようで、相馬も事情を聴かれているらしい。

俺は押収《おうしゅう》されていたスマホの録音を聞かせ、同意のうえでのセックスだったと主張した。はっきり許しの言葉は出ていないものの、少なくとも有紀は拒絶はしていない。

担当になった刑事は、鼻で笑った。

「たっぷり酔わせたうえで何を言わせたところで、そんなものは証拠なんかにゃならねえんだよ。だいいち、おまえ、バーでは酒を控えてたらしいじゃねえか。これは完全に計画的犯行だな」

刑事の言葉は、俺を絶望的な気分にさせるのに十分だった。

野次馬に挙げられたミナミの「サド王子」

観月淳一郎

観月淳一郎（みづき・じゅんいちろう）１９６５年奈良県生まれ。藤井建司の別名で２００８年『ある意味、ホームレスみたいなものですが、なにか？』で小学館文庫小説賞優秀賞を受賞してデビュー。その他『イヤな予感ほどよく当たる』などの著作がある。

繁華街の大立者を祖母に持つ村田真也《しんや》は、大学での「ミスターコンテスト優勝」もエサに、取っ替え引っ替え女の子を蹂躙《じゅうりん》してきた。悪名が知れ渡るなか、今日も夜の街で獲物を漁《あさ》り……

1

大音量でダンス・ミュージックが流れているクラブのVIPルームで、村田真也（二二）は西川明穂《あきほ》（一九）の腰に腕をまわして抱き寄せた。

意外と豊満な乳房が真也の胸に押しつけられてむにゅりと潰《つぶ》れる。キスをすると明穂は少し抵抗するように体を硬くしたが、構わず唇をこじ開けて舌をねじ込む。

「んん……」

真也を両手で押しのけようとするが、その手に力は入っていない。

舌を絡《から》ませたまま、スカートをたくし上げる。内股《うちまた》はしっとりと汗をかいていて、指先が引っかかる感覚があった。そのまま奥のほうまで手を入れると、下着に包まれたやわらかなふくらみに触れた。

「んん……、いやや、やめて……」

なんとか唇を離して、明穂が呂律《ろれつ》がまわらない口調で言った。

「何言うてんねん。俺に抱いてもらえるんやからありがたく思え」

真也の冷たい言葉に明穂が驚いたように目を見開いた。ようやく真也の正体に気付いたようだ。

大阪の名門私立大学に通う真也は、長身で中性的な顔立ちのため、女にモテた。特に二年前に大学のミスターコンテストで優勝してからは、ほとんど入れ食い状態だった。

明穂も、雑誌で紹介されていた真也に一目惚《ひとめぼ》れして、自分からＳＮＳでＤＭを送ってきたのだ。

アイコンの写真がそこそこ可愛《かわい》かったから飲みに誘ってやるとよろこんでついてきた。最初からこうなることを望んでいたはずだ。それでも抵抗されると面倒だから一応睡眠導入剤を酒に混ぜて飲ませてやった。

「ほら、口を開けろ」

その場に立ち上がり、ズボンをおろしてすでに硬くなっていたペニスを剝《む》き出しにすると、真也は亀頭《きとう》を明穂の唇に押しつけた。

必死に拒む明穂だが、鼻をつまんでやると呼吸が苦しくなって口を開けた。そこにすかさずペニスをねじ込み、腰を前後に動かし始めた。

「うぐ……うぐ……」

苦しさのせいか恐怖のせいか、明穂の頰を涙が伝う。それさえも真也には興奮のスパイスでしかない。

「おい、おまえ、何してるんや?」

酒を持ってきた店員が、目の前の光景が信じられないといったふうに言った。明穂の口にペニスを突き刺したまま真也は店員を怒鳴りつけた。

「なんやッ。おまえ、新人か? 俺はミナミの王子様やぞ。ごちゃごちゃ言うとったらクビにするぞ!」

真也の祖母・村田幸恵《さちえ》(七二)は関西で飲食店をいくつも経営する実業家で、このクラブも幸恵のものだった。そのことに気付いた店員は暗い照明の下でもわかるぐらい青ざめて逃げていった。

「ボケが。一般人のくせに俺に意見するなんて生意気なんや」

口からペニスを引き抜くと、酒とクスリで体の自由が利《き》かない明穂はソファにぐにゃりと倒れ込んだ。

「ほら、さっさと股を開け。おまえなんか、それぐらいしか存在価値があらへんねんからよお」

下着を剝《は》ぎ取り、両膝《りょうひざ》に手を添えてグイッと押しつけると、剝き出しの陰部がヌラヌラと光る。

「もう濡《ぬ》れてるやんけ。チ×ポをしゃぶらされて興奮したんか。それなら、挿《い》れられても文句はないわな」

前戯などまったくしないで、真也はペニスをねじ込んだ。

「あっうぐ……」

膣壁《ちつへき》がまだ完全にほぐれていなかったのか、明穂が眉間《みけん》に皺《しわ》を寄せて痛そうに顔を歪《ゆが》めたが、そんなことには構わずに真也は腰を前後に動かし始めた。最初は引っかかるような感じがあったが、すぐにスムーズに滑るようになった。ぬるりぬるりと出し入れする。

「おい、もっと力を入れて締めろや」

胸元をはだけさせ、乳首を指でひねりながら真也は腰を振り続ける。

「いや……、もうやめて……」

泣きながら懇願するが、それは真也の嗜虐《しぎゃく》の欲求を刺激するだけだ。

「今度はバックや」

いったんペニスを抜き、明穂を床の上で四つん這《ば》いにして尻《しり》を突き上げさせ、バックから突き刺す。

腰のくびれをしっかりとつかんでダンス・ミュージックのビートに乗って腰を動かし続けると、すぐに射精の予感が込み上げてきた。

「おい、もうそろそろイキそうや。口に出したるから全部飲めよ。吐き出したら承知せえへんぞ。おおっ」

愛液を撒《ま》き散らしながらペニスを引き抜くと、明穂の髪をつかんで引っ張り起こして口の中にペニスを押し込んだ。その瞬間、尿道を甘美な衝撃が駆け抜けていった。

「うぐふっ……ぐぐ……」

涙でグショグショになった顔をさらに歪めて、噎《む》せ返りそうになるのを必死に堪《こら》えている。

「全部飲めよ。ええな」

きつく命令してからペニスを引き抜くと、もう抵抗する気力も無くした明穂は精液をゴクンと飲み込んだ。それを見下ろしながら真也はブルルッと体が震えるほど興奮した。

2

気が重い。また呼び出しだ。会長室と書かれたドアをノックすると、部屋の中から嗄《しわが》れた声が聞こえた。

「入り」

ひとつ溜《た》め息《いき》をついてからドアを開けた。正面の大きな机の向こうに、干からびた老婆《ろうば》が座っていた。

「王子、あんたまた悪さしたんやてな。今、弁護士に行かせて示談交渉させてるけど、ええ加減にしときや」

「ごめん。俺、時々自分が抑えられへんようになんねん」

祖母の幸恵は若い頃に大阪ミナミで小さなスナックを始め、その後いくつも店を増やしていき、現在は関西一帯に十数店舗も大きな飲食店を経営している実業家だ。それだけに並みの人間にはない迫力が備わっていた。

七十二歳になる現在も現役で権力を振るっている。それは息子であり、真也の父親に当たる男が気弱で頼りにならないため、事業を任せて引退することができないからでもあった。

そんな祖母の期待はすべて孫である真也に向けられた。小さな頃から「王子」と呼ばれて溺愛《できあい》され、将来は人の上に立つ特別な存在としての帝王学を叩《たた》き込まれた。結果的にそれは行き過ぎた特権意識を真也に植え付けてしまった。

「あんたが早《はよ》う立派になってくれへんと、私はいつまでも隠居でけへんねんからな」

「うん。わかってる。早くお婆《ばあ》ちゃんに楽させたりたいわ。でも、俺が前科者になったらそうもいかへんから、後始末はよろしく頼むわな」

「ほんまにこの子は、いったい誰に似たんやろな」

幸恵は顔をしかめたが、顔中を覆《おお》う皺の間からは孫を可愛《かわい》いと思う愛情が滲《にじ》み出ていた。その顔がキッと引き締まった。

「でも言うとくで。もうこれ以上は庇《かば》いきれへんからな。私を本気で怒らせたらあかんで。ええな？」

「う……うん……、わかった」

幸恵の迫力に圧《お》されて真也は媚《こ》びるような笑みを浮かべ、素直にうなずいてしまった。

3

「ああ、胸糞《むなくそ》悪い」

幸恵に完全に屈服してしまった自分が腹立たしく、真也は学食の椅子《いす》を蹴《け》り飛ばした。

「王子、どうかしたんですか？」

三人いる取り巻きのひとりが、おそるおそる訊《たず》ねる。

「なんでもない。ああ、どっかにええ女おらへんか。そいつをボロボロにしてすっきりしたいわ」

学食の中を見回した。

「あの女でええわ」

真也が指差すと、取り巻きが代わりに声をかける。

「おい、そこの君、こっちで一緒に食べへんか？」

トレイにカレーライスを載せた女子学生は声に反応してこちらを見たが、そこに真也がいることに気付くと、慌《あわ》てて体の向きを変えて学食の一番反対側まで逃げていった。

「ああ、もうこの大学の女は無理かもしれませんね」

取り巻きが、残念そうに言った。

女が逃げるのも無理はない。真也たちの悪行は学校内では誰も知らないものがないというぐらい有名になっていた。

数回ヤッて飽きると取り巻きたちと無理やりセックスをさせてその様子をスマホで撮影したり、カラオケボックスでイッキ飲みを強要して酔い潰れた女に仲間と一緒に小便をかけたり、誘いを拒んだ女の髪をバリカンで刈ったり……。それはもう性欲というレベルを通り越した、とんでもないサディストの所行だった。

それらのすべては幸恵の雇った弁護士の活躍で示談になっていたが、噂《うわさ》は広まる。同じ大学に通う女子大生たちは真也がいくらイケメンで長身で金持ちであろうと、近づこうとはしないのだ。

「今日は街でナンパしましょうか？　また王子のタワマンに連れ込んで、みんなでヤッちゃいましょうよ」

取り巻きの男が今にも揉《も》み手をしそうな様子で言った。真也はそいつをじろりと睨《にら》み付けた。

真也と一緒にいれば財布を出す必要はないし、飲食店ではＶＩＰ待遇だし、いろんな女とヤレる。こいつらは、ごく普通の一般人のくせに特別な世界を垣間見《かいまみ》れることがうれしくてたまらないのだ。

「あん？　なんでおまえにそんなええ思いさせたらなあかんねん」

不機嫌な声で言うと、そいつの顔が強《こわ》ばった。その顔に媚びるような笑みが浮かんでくる。それは自分が幸恵の前で浮かべたのと同じ笑みだ。あの瞬間の屈辱を思い出して、全身がカッと熱くなった。

「ボケがッ」

椅子を蹴《け》るようにして立ち上がり、真也は大股で出口に向かった。

4

「なんやねん、むかつく！」

真也は通称・引っかけ橋の欄干を蹴飛ばした。もともと酒はそんなに強くないのに、むしゃくしゃする思いをなんとかしようとミナミのバーをハシゴして酒を呷《あお》り続けて、気がついたら道端で眠っていた。

もう終電はとっくに終わってしまっていた。さすがに通行人の姿もまばらだ。でも、今夜はまだ女を抱いていない。一日の締めくくりに欲望を放出しないと気が済まない。

視線を感じて振り返ると、女子大生ふうの女が二人、肩を寄せ合うようにしてこちらを見ていた。二人とも十人並みの容姿だが贅沢《ぜいたく》は言っていられない。三人でやればそれなりに興奮できるだろう。

「なあ、もう終電無いし、帰れへんやろ。俺がホテル代出したるから、3Pしようや」

真也が歩み寄ると、女たちは悲鳴を上げて逃げていった。

「ふざけんなよ。ぶっさいくな顔しやがって。ボケがッ」

悪態をついたが、女たちを追いかけていく元気はない。その場に座り込んだ真也は同じように道端に座り込んでいる女の姿に気付いた。頭を垂れているので、長い髪で顔が隠れてしまっている。それでも服装は華やかで、どことなくイイ女っぽい。

重い体をアスファルトから引きはがすようにして立ち上がり、女のところまで行き、声をかけた。

「おい、大丈夫か？」

ゆっくりと顔を上げた女・松原梨佳《りか》(二五)を見て、真也は心の中でガッツポーズをした。売り出し中の若手女優だと言ってもいい美貌《びぼう》だ。

「うわ。イケメンやん」

そう言って梨佳はケラケラ笑った。梨佳が言うには、キャバクラの営業を終えてから客とアフターに行ったが、散々飲まされてホテルに連れ込まれそうになったので走って逃げたら、酔いがまわって立てなくなってしまったのだ。

そう話す間も大きく開いた胸元から白くてやわらかそうな乳房がこぼれ出そうになっているし、ミニスカートの裾《すそ》からのぞく太股《ふともも》はむっちりとしていて、おまけに時々股がだらしなく開き、下着が見えてしまう。

(この女、誘っとる。よっしゃ。今夜はこいつをヤッて締めくくりや)

「こんなところで座ってたら風邪引くで。ちょっと移動しようや」

梨佳を抱きかかえるようにしてその場に立たせた。長い髪が頬をくすぐり、なんとも言えないイイ匂《にお》いが真也の劣情を刺激する。ズボンの中でペニスが勃起《ぼっき》し、つっかい棒のようになってしまい、うまく歩けない。

おまけに梨佳はちゃんと立てない状態だ。ホテルまで連れて行くのは大変すぎる。

ふと横を見るとビルとビルの間が狭い路地になっていた。立ち小便をするのに最適な場所だ。

(同じようなもんや。ここでええわ)

真也は梨佳を抱きかかえて路地に入ると、壁に押しつけるようにしてキスをし、胸を揉んだ。

「えっ、ここでするつもりなん?」

梨佳が押しのけようとするが、構わずスカートの中に手を入れて下着を引っ張りおろした。触ると指先が柔肉の間にぬるりと埋まった。

「はあぁ……」

梨佳の口から吐息がもれる。指先を小刻みに動かすと、クチュクチュと音が鳴った。もう充分だ。前戯など必要ない。ズボンを膝のところまでおろし、立ったまま正面からペニスを挿入した。

「ああぁん……。あかん。こんなんイヤや。ホテルへ行こ」

「おまえみたいな安い女はここで充分や」

「な、なんやてッ。誰か助けて!」

プライドを傷つけられた梨佳が悲鳴を上げる。慌てて口を手で押さえ、激しく腰を動かし続けた。

「うう……ううん……」

眉間に皺を寄せながらも、梨佳の膣道はヒクヒクと蠢《うごめ》きながら嬉《うれ》しげにペニスを締めつける。真也はズンズンと突き上げ続け、不意に腰の動きを止めた。

「あっ、出る！」

思いをすべて放出してしまうと、真也は体を離した。梨佳は放心状態で悲鳴を上げる余裕もないようだ。

「あんた、中に出したんか？　なんてことしてくれんの？」

「なんや。文句あんのか？　俺はミナミの王子様やぞ」

いつもの決め台詞《ぜりふ》を口にすると、梨佳がハッと目を見開いた。

「あんたが有名なミナミの阿呆《あほ》ぼんか。また婆さんに泣きつくんやろ。ほんま情けない男や。でもまあ金は持ってるみたいやから、子供ができたら認知してもらうからな。たっぷり養育費を払わせたるわ。よろしくね、阿呆ぼん」

梨佳がニヤリと笑い、下着を引っ張り上げて路地から出ていく。

「待てや。誰が阿呆ぼんや。妊娠せんですむように子宮を壊したるわ」

地面に引き倒し、真也は梨佳の腹を力いっぱい蹴りつけた。「ギャー」と梨佳が耳《みみ》障《ざわ》りな悲鳴を上げる。それがよけいに腹立たしく、真也は狂ったように蹴り続けた。

気がつくと、野次馬たちに囲まれていた。そのうち何人かはスマホで動画を撮っている。

「おい、撮るな。やめろ!」

真也が摑《つか》みかかろうとした時、パトカーのサイレンが近づいてきた。

＊

駆けつけた警察官に村田真也は婦女暴行及び傷害の容疑で緊急逮捕された。その犯行のほとんどは動画に収められネットに拡散されたため、今回ばかりは握りつぶすことはできなかった。同時に、今までの数々の悪行がネットに投稿され、その余罪はかなりのものになりそうだ。

祖母・幸恵は自宅前まで押し寄せたマスコミの前で、苦虫を嚙《か》み潰したような顔で答えた。

「あの子には手を焼いてたんです。十年ぐらい懲役に行って頭を冷やしたらええんです。出てきた後? そんなん知りませんがな。もう縁は切ります。他人です。ほな、さいなら」

幸恵はバタンとドアを閉めてしまった。それはイケメン長身エリート大学生である村田真也の未来が完全に閉ざされた瞬間だった。

蓮見圭一

〝好き者婦警〟が沈んだ「ヤス」のインプラント

蓮見圭一（はすみ・けいいち）１９５９年秋田県生れ。立教大学卒業後、新聞社、出版社を経て作家に。２００１年のデビュー作『水曜の朝、午前三時』がベストセラーとなる。他に『かなしぃ。』『別れの時まで』『八月十五日の夜会』など。

上納金の工面に困っていた組員の新垣康則は、取り調べを担当した水野知恵を「使おう」と思った。媚薬《びやく》を飲ませて眼鏡美人を寝技に持ち込むと、あとは〝新境地〟に向かって……

1

横浜市の臨海部にはかつて三業地と呼ばれたエリアがある。料理屋、待合、芸妓屋《げいぎや》の三業が集中していた地域の旧称で、原色の看板が往時の名残を留めている。界隈《かいわい》には組事務所もある。子分たちは事務所の前に整列して親分を出迎える。そんな時、彼らの表情には緊張感が漂う。親分は絶対者なのだ。

整列の末端には、いつもロン毛の男がいた。三十三歳だから若いとは言えないが、長身でがたいも良く、パーカーが似合うイケメンである。薄汚い昇り龍の刺青《いれずみ》をしている他の組員とは明らかに一線を画している。

男は新垣康則、「ヤス」と呼ばれている。川崎の元チンピラで、縄張りを巡る小競《こぜ》り合いが続く中、常に先頭に立つので頼りにされている。が、あまりに先頭に立ちすぎて、いまは所轄署《しょかつしょ》二階の取調室にいる。

「なぜやくざをしているのかって？　本当だよな、今時やくざなんか流行《はや》らない。実はおれ、バンドを組んで歌っていたんだよ」

ヤスは笑みを浮かべて言った。まったく売れなかったが、眼鏡美人の取調官の気を引きたくて言った。

「へえ、バンドを。ロック？」

留置係から暴力団担当になったばかりの水野知恵巡査長(二四)がたずねた。ヤスをひと目見た時から〝かっこいい〟と思い、興味津々《しんしん》だった。

「最初はね。けど、ソロでやれと事務所に言われて仕方なく歌謡曲を歌っていた。旭川から沖縄まで営業で回った。色んな女に会ったけど、あんたほどの美人はいなかったな」

「あなた、口がうまいのね」

傷害事件の取調べなのに知恵は嬉《うれ》しそうだった。

「水野くん、お疲れ様。代わろう」

モニターで様子を見ていた警部補が慌《あわ》てて取調室に入ってきた。その縁で警察官になった娘の教育係を任されたのだが、知恵を預かって間もなく、ある巡査部長との間に不倫の噂《うわさ》が立った。副署長に掛け合って巡査部長を異動させたが、性懲《しょうこ》りもなく、今度はやくざ者に色目を使う始末だった。

知恵の父親は県警幹部で、この警部補の媒酌人でもあった。その縁で警察官になっ
警部補は知恵が〝好き者〟であることを知っていた。高三の夏、川崎でナンパされ、妊娠したのだ。

「淫行《いんこう》だ。相手の野郎を県条例違反でしょっぴけ」

激怒した父親に命じられたが、この時も間に入って事を収めた。

その後、知恵は何事もなかったかのように大学へ進み、昨春、県警に採用され、警部補がいる署の留置係になった。留置係は勤務時間が規則的で昇任試験の勉強がしやすい。署内では〝出世コース〟と見なされているが、当の知恵がとにかく外へ出たがるので、やむなく暴力団担当の見習いとして連れ歩いていた。

「ともあれ、言い分を聞こう」

警部補はうんざりしながらヤスの調書を作成した。恐喝などで前科六犯。はったり

だけで生きているゴミみたいな野郎だ。こんなクズに色目を使うなんて、水野警視長、子育てに失敗したな。警部補はそう思ったが、後に、ちょっとやそっとの失敗ではなかったことに気づく。

2

ヤスは「派遣会社」を経営していた。といっても派遣していたのは夜の女たちである。組が運営する熟女デリヘルの店長をしていたのだ。そのせいで女の扱いには慣れていた。

「麻美さん、カップ麵《めん》なんか食べちゃだめだよ。カロリーのお化けだ。せっかくの美《び》貌《ぼう》が台無しになる」

「京香さん、美容院かえた？　そのヘアスタイル、すごくいい」

真顔でそう言うので、小皺《こじわ》の目立つアラフォーの売春婦たちはみんなヤスのファンだった。

「真面目《まじめ》な店長」として信頼も得ていたが、実際は店の売上をちょろまかし、競馬のノミ屋につぎ込んでいた。つぶれた居酒屋を居抜きで借り、大画面のモニターを据え、暴走族時代の後輩に酒と馬券を売らせていた。店さえ開けば金が入ってくる。そう高を括《くく》っていたが、他の組の連中が荒らしに来るわ、大穴を当てた土建屋から三百五十万円の取り立てを食らうわ、散々だった。その上、滞納していた上納金五十万円の支払いを迫られ、ヤスは切羽詰まっていた。

そこで目をつけたのが取調室で会った女警官だった。あの眼鏡美人から金と身体《からだ》、ついでに捜査情報を手に入れようと思った。

「こんばんは」

ヤスは警察署から出てきた知恵に声をかけ、タクシーに乗せた。偶然を装《よそお》って二度ほど声をかけ、食事に出かける約束をしていたのだ。

着いたのは京浜工業地帯に近い会員制スナックだった。経営者は四十歳の元デリヘル嬢で、予約で客を取り、店の二階で以前と同じことをしていた。ヤスは月五万のミカジメ料を取り、自由に飲み食いさせてもらうことで大目にみてやっていた。

ビールで乾杯した後、ヤスは得意のカラオケで知恵を喜ばせた。知恵はＡＫＢ48を歌った。馬鹿《ばか》な女だと思ったが、眼鏡をかけた横顔は可愛《かわい》らしく、身体にはりついたニットのワンピースにそそられた。

経営者が旅行中だったので、ヤスは自ら酒を作った。知恵がトイレに立った隙《すき》に女性用の媚薬「H.H.Eron」を数滴入れた。効果は店のデリヘル嬢たちで確認済みだった。これを飲ませた女を差し向けると、「あの子はいい」「また頼む」とリピーターが急増したのだ。

三曲ばかり歌うと知恵は眼鏡を外し、目をぱちぱちさせた。薬が効き始めたのだ。ヤスはすかさず唇をふさぎ、胸に手を入れた。マシュマロみたいに柔らかく、ボリュームも満点だった。知恵は一応、抵抗した。「柔道二段よ」と予防線も張っていたが、寝技はヤスも得意だった。

「うちのパパ、県警の幹部なのよ」

ほう。ふつうはビビるところだが、ヤスにとっては朗報だった。

「おれはきみが好きなんだ。パパは関係ない」

ヤスは着ていた黒いワイシャツを脱いだ。ジムで鍛えていたので逆三角形の見事な体型をしていた。厚い胸板と割れた腹筋が自慢だったが、肝心の物のサイズは並だった。

「十五センチ？　お前、それじゃ食っていけねえよ。医者に行って細工してもらえ」

先輩の勧めでヤスはインプラント手術を受けた。局部にシリコンボールを埋め込んだのである。三年前のことだが、馬鹿そうな茶髪の受付嬢の薄ら笑いが今も忘れられなかった。

受付嬢はともかく、医者はプロだった。計六個の突起物は膣内《ちつない》を絶妙に刺激し、関係した女たちから追い回される羽目になった。その女たちから三百万円近くかき集めたが、あと百万、どうしても必要だった。

ヤスは背後から知恵を抱きすくめ、ワンピースの裾《すそ》をたくし上げ、丸い尻《しり》の割れ目に局部を押しつけた。知恵はカウンターに手をついて吐息を漏らし、後ろ手にヤスの逸物《いちもつ》を握った。直後に「えっ」と声を上げ、「何これ」と言った。デコボコに気づいたようだが、その時は膝《ひざ》までパンティをずり下げられていた。

ヤスは愛撫《あいぶ》に時間をかける方だ。普段なら身をかがめてクンニをし、中指で内部を探索して、じっくりと良し悪《あ》しを確かめるところだが、この時は抑えが利《き》かないほど局部が膨張していた。

不良だったヤスは川崎の超底辺高を半年で中退した。学歴としては「中卒」である。ソープ嬢、デリヘル嬢、ホステス、ウエイトレス、飲み屋や街中でひっかけた女……数だけはこなしてきたが、どれも高校かせいぜい専門学校出で、大卒の女は一人もいなかった。ヤスにとって知恵は〝初物〟だったのである。

ヤスは自分の逸物をまさぐっている知恵の手首を摑《つか》み、濡《ぬ》れた陰部に導かせた。知恵の中に入った瞬間、新境地を切り開いたという達成感と、それに伴う満足感を二つながら覚えた。何だか自分まで賢くなった気がした。しかしまあ、大卒だろうが中卒だろうが、することに変わりはない。そう思いながら腰を使っていると、小刻みに喘《あえ》ぎを漏らしていた知恵がカウンターに置いていたハンドバッグに手を伸ばし、円形の白いパッケージを取り出した。そこには「サガミオリジナル」とあった。

「これ、使って」

ヤスは衝撃を受けた。大学出の女ってのは、みんなこうなのか。大学はレジャーランドだと聞いていたが、どいつもこいつもゴムを持ち歩いて男とやりまくっているのか。

「お願い、私、妊娠しやすいの」

コンドームを使うやくざなんて聞いたことがない。早漏の中高生ならともかく、こんなのをつけるのはヤスのやくざ美学に反した。

「勘弁してくれよ」

白けた気分で水割りを呷《あお》ると、知恵が身をかがめ、口を使ってするすると根元まで装着した。慣れた手つきと口の動きに、ヤスはたちまち怒張した。あちこちの突起物が強調され、我ながらグロテスクだと思ったが、知恵は音を立てて全体にまんべんなく舌を這《は》わせ、膨れ上がったシリコンボールの玉を指でさすり、ヤスに背中を向けて尻を突き出した。その尻を悪戯《いたずら》っぽく左右に揺らし、吐息交じりに「来て」と言った。局部はどろどろで、愛液に濡れた陰毛が大陰唇《だいいんしん》にべったりと張りついていた。

「後ろが好き。早く」

ヤスはふうっと息を吐いて知恵の中に入った。知恵は絶叫し、五分もするとカウンターに頬をつけてぐったりとした。「待って」と言ったが、ヤスは待たなかった。好色な女は何べんでも繰り返し逝《ゆ》き、際限もなく蘇《よみが》えることを体験的に知っていた。ゾンビみたいなものである。

ヤスは入念に性感帯を探し、挿入角度を変えて攻め続けた。およそ一時間後、汗だくになって放出すると、知恵の背中に覆《おお》いかぶさり、耳元に息を吹きかけて言った。

「組から追い込みをかけられている。どうしても百万いる」

3

払うべき金をすべて払ってもヤスは落ち着かなかった。中央競馬が開催される土日に怪しげな男が店に現れたからだ。

男は三十かそこら。水割りのグラスを舐《な》めて長居をし、離れた場所から帳場の方をちらちらと見る。どう見ても競馬ファンではない。男がいる間、客は警戒して馬券を買おうとせず、売り上げはがた落ちだった。

「これ、吉田さん？」

監視カメラの画像を見せると知恵が言った。やはり刑事だった。

「こいつ、時々、おれの店に来る。何か探っているのか」

「この人は警務担当よ。県警本部から来たばかりで何も知らないはずよ」

警務というのは警察官の世話係らしかった。知恵は最近、署から車を支給され、この日もそれに乗ってきていたが、その手続きをしたのが吉田だと言った。

「ともかく気になる。家宅捜索が入りそうだったら、また教えてくれないか。店がやられると、きみから借りた金を返せない」

知恵は黙った。これ以上、捜査情報を漏らすのはまずいと思った。当然だがヤスも必死だった。組長の誕生日が近く、「年に一度だ、五本出せ」と言われていた。一本一万円と思いたかったが、そんなわけはない。

二人は工場地帯のドン突きに停めた車内で話していた。五メートル先は運河で、周囲には工場と資材倉庫しかない。

知恵本人はどう思っているのか、過去の男の話をよくした。そのたびにヤスは心がざわめいた。中一の夏、父親が連れてきた家庭教師と初体験したとか、高一でバンドマンにアナル調教されたとか、卒業旅行で同級生二人と3Pをしたとか、文科省が知れば卒倒しそうな話ばかりだった。当然のように同僚の警察官とも交わっていて、一人とは勤務中に公用車の中でしたらしかった。

「人数？　八十人くらいかな」

馬鹿正直に性体験を披瀝《ひれき》する知恵が、興奮気味に話すのが野外でのセックスだった。大学生の頃は、そのためにわざわざ富士の樹海や三保の松原まで行っていたという。ならばと思い、ここへ連れてきたというのが真相だった。

ヤスは運河のほとりの原っぱに知恵を誘った。等間隔に木が植えられているが、道路からは丸見えだ。

「脱げ。後ろからする」

知恵は「えっ」と言ったが、紅潮した頰に悦《よろこ》びの笑みが浮かんでいた。ヤスは缶ビールを呷り、「尻を見せろ」と言った。知恵は命じられるまま四つん這いになり、裸の尻を道路の方へ向けた。まだ陽があり、帰宅する工員の車が何台も通った。

「お前、こういうのが好きなんだろ」

そう言いながらヤスは知恵の尻を平手で何度も打った。強い口調で問い詰めると、知恵は頬を赤らめて「好き」と言った。「ちょうだい」

愛撫するまでもなく、陰部はどろどろだった。指を挿《い》れると、ぺちゃぺちゃと音を立てた。ヤスもいつになく興奮していた。この大卒のメス犬は何度食ってもうまい。はしたなく際限もなく逝き、コブ付きの竿《さお》をほしがって口をぱくぱくさせるのだ。ぺちゃぺちゃ、ぱくぱく、本物の淫乱だ。初の青カンにヤスも股間《こかん》を硬く膨らませていたが、頭の一点は冷めていた。背後から知恵を攻めながら「頼む」と耳に息を吹きかけた。

「お前と一緒になりたい。あの店をなくしたくない」

四月半ばの静かな夕方だった。運河の岸壁に当たる水音を聞きながらヤスは知恵の奥底まで突き入れ、クリトリスとアナルをいじり、携帯のカメラを回しながら攻め立てた。言うことをきかなければこれで脅すつもりだった。知恵は撮影されていることにも気づかず、芝を握りしめて絶叫した。ヤスはこらえきれず知恵の中に放出し、荒い息を吐いて背中に覆いかぶさった。この女と一緒になるのも悪くないかも、知恵の中に自分の液体を流し込みながらそう思った。

ヤスは組に腹を立てていた。上納金だの、誕生日に五本よこせだの、あの連中は親分のご機嫌取りと、金を集めることしか考えていない。自分は利用されているだけだ。ロートルの組員から洗車を命じられるのも面白くなかった。あの馬鹿がベンツで、何でおれは中古のクラウンなんだ。畜生、こっちから警察に情報を売って、あいつらを丸ごとパクらせようか。未成年の女にシャブを売り、風俗店で売春させているのだ。女もクズだが、あの連中は鼻がひん曲がるような臭い生ゴミだ。

「ただで教えろとは言わない。捜査情報を教えてくれたら礼をする」

「礼って？」

ヤスは携帯に保存していたシャブ漬けの少女たちの写真を見せた。

「組の店で働いているガキどもだ。別件でパクって尿検査しろ。署長賞くらいもらえるぞ」

＊

風俗店に捜索が入ったのはゴールデンウイークの最中だった。少女三人が保護され、組の若頭補佐ら四人が逮捕されたが、新聞に載ったのはＩＴ企業社長の逮捕だった。

〈ＩＴ経営者を買春容疑で逮捕〉

客のことまではヤスも知らなかったが、知恵は大喜びしていた。

ヤスは素知らぬ顔でノミ屋を稼働《かどう》させていた。売上げは月三百万円に達し、仲間を集めてパーティーまでしたが、新潟で夏競馬が始まった七月二十九日、店で逮捕された。

取調室に現れたのは、ノミ屋に来ていた吉田という男だった。

「水野巡査長はお前に捜査情報を二回漏らしたと言っている。ネタは上がっている。嘘《うそ》はつくな」

ヤスは一週間粘ったが、諦《あきら》めて取り調べに応じた。吉田はGPSをつけた車を知恵に与え、行き先をすべて把握していた。

「あの子は書類送検されて辞職した。いまは家で反省の日々だ。お前はそうはいかない。ムショで反省しろ」

調書を取り終えると、吉田は携帯の画面をスクロールさせ、にやつきながら言った。

「それにしてもお前ら、実に派手にやってくれたな」

睦月影郎

「無味無臭」に失望した童貞が求めた〝ナマの匂《にお》い〟

睦月影郎（むつき・かげろう）　１９５６年神奈川県生まれ。二十三歳で作家デビュー後、五百冊を超える著作を世に出す。近刊に『あられもなく　ふしだら長屋劣情記』『キャンパスの淫望』『ぼくのマンガ道』などがある。

吉村武志は、念願の初体験をソープランドで迎えた。が、手慣れたソープ嬢からは、思い描いていた「生々しい匂い」が感じられなかった。満ち足りない彼は、妄想を募らせていき……

1

「大丈夫ですか？　あまり元気ないですね」

麻衣という若いソープ嬢が、武志の全身をボディマッサージしながら言う。彼女は、二十歳という触れ込みだったが、少々サバを読んでいたとしても、せいぜい二十三ぐらいであろう。

吉村武志は二十七歳の独身。実はこの歳《とし》になって、初めての風俗体験であった。オナニーは日に二回も三回もしているが、恋人を得たことはなく、ようやくこうして決心し、貯《た》めた小遣いで実体験に臨んだのである。

しかし、いざ生身が相手となると気軽な言葉すら出てこない。何しろ若い女性と話したことなど、今までなかったのである。

武志の仕事は、エアコンの取り付けと修理で、取引先は主にオフィスだった。一緒に呑《の》む友人ぐらいいるが、やはり順々に所帯を持つ年齢で、自分だけ取り残される感を覚えていた。何より童貞というのが重荷で、今回、勇気を出しての風俗体験となったわけである。が、気負いと緊張ばかり先立ち、興奮しているのにペニスは萎縮《いしゅく》していた。麻衣の裸体をジロジロ見るのも気が引け、もちろん初体験などとは恥ずかしくて言えなかった。

「じゃサック着けますね」

湯で互いの全身の泡を洗い流し、麻衣が言った。そして横になった彼の股間《こかん》に屈《かが》み込み、まずはナマで亀頭《きとう》にしゃぶり付いてくれたのだ。

さすがに憧《あこが》れのフェラチオをされると、武志自身もムクムクと鎌首《かまくび》を持ち上げはじめた。恐る恐る股間を見ると、ショートカットの可憐《かれん》な子がペニスをしゃぶり、熱い息を股間に籠《こ》もらせながら吸っていた。口の中ではチロチロと舌が滑らかに蠢《うごめ》き、たちまち生温かな唾液《だえき》にまみれたペニスは最大限に勃起《ぼっき》していった。

麻衣も、彼が勃起したので安心したようにチュパッと口を離し、サックをあてがい、また唇で巧みに装着してくれた。

「じゃ、入れていいですよ」

彼女が仰向けになって言い、武志も入れ替わりに身を起こした。

麻衣の口調はやわらかだが、武志には、早く入れて終わってくれと言われているように思えた。

「少し、舐《な》めてもいい？」

「ええ」

思いきって言うと、麻衣も股《また》を開いてくれ、彼は屈み込んでいった。丘に茂みが煙り、割れ目からはみ出した陰唇《いんしん》が綺麗《きれい》なピンク色をしていた。恥毛に鼻を埋め込んで嗅《か》いだが、やはり湯上がりの匂いがするだけで、特に生々しい成分は感じられず味気なかった。それでもクリトリスに舌を這《は》わせると、

「アア……」

麻衣がビクッと顔を仰《の》け反《ぞ》らせて喘《あえ》いだ。

「い、入れて……」

さらに彼女が言うが、武志はまた急《せ》かされているように思いながら身を起こした。

さすがにナマの女性器を見たのだから萎《な》えることはなく、彼は股間を進めて先端をあてがい、少し迷いながらもぎこちなくヌルヌルッと挿入することが出来た。

「ああ、いい気持ち……」

麻衣が言い、両手を伸ばして武志を抱き寄せ、彼も胸で柔らかく張りのある乳房を押しつぶしながら身を重ねていった。

膣《ちつ》の中は温かく心地よいが、やはり薄皮のサック越しの感触であることは否《いな》めず、何やらサックとセックスしているような気分であった。

「突いて、強く奥まで……」

麻衣が、下からズンズンと股間を突き上げて言い、武志も合わせるように腰を前後させはじめた。

次第に動きがリズミカルになると萎えたり抜け落ちる心配もなく、彼もこのままフィニッシュを目指そうと思った。

麻衣の吐き出す息は湿り気あるハッカ臭で、これもナマの匂いとは違い物足りなかった。武志が今まで妄想してきたのは、女性のあらゆる匂いだったからである。湯上がりでは思い描いていたほどではないかもしれないと予想していたとはいえ、あまりの無味無臭に武志は、もう風俗体験はこれきりにしようとまで思ったのだった。

そんな不満を抱えながらも、摩擦による快感はじわじわと高まり、毎日の楽な体勢のオナニーより苦労しながら、ようやく武志は絶頂を迎えることが出来た。

「く……」

突き上がる快感に呻《うめ》きながら、彼は熱いザーメンをドクンドクンと勢いよくほとばしらせたものの、これも膣内ではなく、サックの中に射精している感が強かった。

やっとの思いで最後の一滴まで出し尽くすと、武志は満足というより終えてほっとしながら徐々に動きを弱めていった。

「気持ち良かったですか？」

麻衣も、ほっとしたように言い、武志は小さく頷《うなず》きながら完全に動きを止めて、荒い呼吸を繰り返したのだった……。

2

（やっぱり年下の女はダメだ。ナマの匂いのする熟女に甘えたい……）

ソープランド体験を終えた武志は思い、それでも生身の女体に触れた経験は無駄にならず、妄想もリアルなものになってきた。そして今になると、あれもこれもすれば良かったと思ったが、もう風俗に行く気はなかった。

そんな折、武志は仕事で個人の住まいのエアコン修理をすることになった。いつもは何人かでオフィスを回るのだが、一人だけで普通の家に行くのは初めてのことである。

訪ねていくと、そこは築五年ばかりの住宅だった。出迎えてくれたのは、四十歳前後の主婦で色白の美女。巨乳で尻《しり》も豊かで、あまりに武志の理想の美熟女であった。中に招き入れられ、名刺を出すと彼女も名刺をくれた。生保の営業をしているので自分の名刺を持っていたのだ。

名は水野亜矢子、今日はお休みらしい。

とにかく武志は、調子が悪いという寝室のエアコンを見てみた。寝室内にはダブルベッドが据えられているが、亭主は海外出張中だといい、生ぬるく籠もる匂いは亜矢子だけの体臭だろう。

「水漏れして、変な音もするし効きが悪い感じなんです」

「分かりました。すぐ調べますね」

言われて武志はベッドに乗り、エアコンのカバーを開けて見た。

（彼女の割れ目も、あのソープ嬢のような形や色合いをしているんだろうか。いや、もっと熟れて色っぽいに違いない……)

作業しながら思い、武志は勃起しそうになるのを懸命に抑えた。亜矢子には小学生の子がいるようだが、今日は平日の午前中なので、家にいるのは彼女だけである。

「もう寿命なんでしょうか」

「いえ、まだ五年ぐらいでしたら大丈夫です」

武志が答えると、亜矢子は作業を彼に任せて、いったんリビングへ戻っていった。

修理は実に簡単に済んだ。フィルターの汚れとドレーンホースの詰まりだけで、それを清掃してから外に出て、室外機の方も点検してから、また寝室に戻ってきた。

武志はそこでたまらず、亜矢子の使う枕《まくら》に顔を埋め込んで嗅いでしまった。髪の匂いや汗、あるいは涎《よだれ》などの混じった匂いだろうか、ソープ嬢では得られなかったナマの匂いを感じ、武志はとうとうムクムクと勃起してきてしまった。

(旦那《だんな》が出張中で、欲求が溜《た》まっているんじゃないだろうか……)

武志は勝手に想像を巡らせ、色っぽく熟れた亜矢子の匂いを貪《むさぼ》り、枕からシーツまで嗅ぎまくった。

しかしリビングから亜矢子の足音が聞こえたので急いで身を起こし、修理を終えたエアコンのカバーを元に戻した。

「もう大丈夫です。いちおう点《つ》けてみますね」

武志は言ってリモコンのスイッチを押し、正常に作動していることを確認してから切った。

「まあ、有難うございます。買い換えでなくて助かりました」

亜矢子が言い、その美しい顔と息づく巨乳に、武志の淫《みだ》らなスイッチが入ってしまった。

夢の中にいるように現実感がなく、身も心もフワフワした状態で、いつしか激しく彼女をベッドに押し倒していたのである。

「何をするんです……！」

亜矢子の切迫した声も、どこか遠くから聞こえるようだった。

武志は豊かな胸の膨らみに顔を埋め込み、甘ったるい匂いを嗅ぎながら押さえつけ、スカートの中に手を差し入れていった。

「や、やめて……」

「どうか、脱いで下さい。服を破ったり乱暴にしたくないので」

武志が興奮と緊張に声を震わせて言うと、亜矢子も大人しく臆病《おくびょう》な性格なのか、大声を上げたり激しく暴れるようなことはしなかった。そして武志がブラウスのボタンを外しはじめると、途中から諦《あきら》めたように自分で外してくれたのである。

彼女はロングスカートにソックスだから、裾《すそ》をめくるとすぐにナマ脚が露《あら》わになった。

武志は彼女の下着に指をかけて引き下ろし、自分も手早く下着ごとズボンを脱ぎ去ってしまった。

「ああ……」

ブラウスの前を開いた亜矢子は小さく声を洩《も》らし、すっかりグッタリと身を投げ出していた。あまりの恐怖で彼女も現実から逃避するように、朦朧《もうろう》となっているのかも知れない。

こんな緊迫した状態でも萎えることはなく、彼自身は雄々しく屹立《きつりつ》していた。武志は真っ先に、仰向けになっている彼女を大股開きにさせ、その部分に顔を迫らせていった。

白くムッチリした内腿《うちもも》からは熱気が感じられ、股間からは湿り気も伝わってきた。

ふっくらした丘には黒々と艶《つや》のある恥毛が程よい範囲に茂り、割れ目からはみ出す陰唇も当然ながらまだ濡《ぬ》れておらず、指で広げると息づく膣口と光沢ある真珠のようなクリトリスが見えた。

もう堪《たま》らずに顔を埋め込み、柔らかな茂みに鼻を擦りつけて嗅ぐと、ソープ嬢では味わえなかった甘ったるい汗の匂いと、ほのかに蒸れた残尿臭が籠もって悩ましく鼻《び》腔《こう》が刺激された。

（ああ、美熟女のナマの匂い……）

武志は興奮を高め嬉々《きき》として匂いを貪り、陰唇の内側に舌を挿し入れて探った。膣口の襞《ひだ》をクチュクチュ舐め回し、柔肉をたどってクリトリスまでたどっていくと、

「アアッ……！」

亜矢子がビクリと顔を仰け反らせて喘ぎ、量感ある内腿でキュッときつく彼の両頬を挟み付けてきた。

武志は夢中になって舌を這わせ、熟れた匂いに酔いしれていった。

3

「ああ……、ダメ……」

武志がチロチロと舌先で弾《はじ》くようにクリトリスを舐め続けていると、亜矢子が嫌々をして、か細い声を洩らした。

さらに彼は亜矢子の両脚を浮かせ、形良い逆ハート型をした、白く豊満な尻に迫った。

谷間には薄桃色の蕾《つぼみ》がキュッと閉じられ、鼻を埋めると蒸れた汗の匂いが感じられ、弾力ある双丘が顔中に密着してきた。

舌を這わせて細かな襞を濡らし、ヌルッと潜り込ませて滑らかな粘膜を探ると、

「あう……！」

亜矢子が呻き、キュッと肛門《こうもん》で彼の舌先を締め付けてきた。さらに彼は亜矢子の前も後ろも交互に舐め回した。

武志は心ゆくまで美熟女の匂いと味を貪り、もう我慢できなくなってしまった。

「どうか、もっと脚を開いて」

身を起こした武志は、興奮を抑えて言いながら、正常位で股間を進めていった。

そして唾液に濡れた割れ目に先端を擦り付けた。本当はペニスをしゃぶってもらいたかったのだが、嚙《か》まれるといけないし、少しでも早く一つになりたかったのだ。

幸い亜矢子も魂を吹き飛ばしたようにグッタリと身を投げ出しているので、位置を定めると彼はゆっくり挿入していった。

「ああ、気持ちいい……」

武志は、美熟女に深々と嵌《は》め込む快感に熱く喘いだ。ヌルヌルッとした滑らかな肉襞の摩擦が幹を包み、根元まで押し込むと熱いほどの温《ぬく》もりと息づくような収縮が感じられた。

「アア……」

亜矢子が目を閉じて声を洩らし、武志は股間を密着させながら脚を伸ばし、身を重ねていった。

まだ動かず、まずは屈み込んで、ブラを上にずらし、はみ出してきた巨乳に顔を埋め込んだ。

実に豊かな膨らみである。

チュッと乳首に吸い付いて舌で転がし、顔中を押し付けて柔らかな感触を味わった。

乱れたブラウスの内側からは、ミルクのように甘ったるい汗の匂いが生ぬるく濃厚に漂い、ナマの匂いに刺激されたペニスが膣内で嬉々として震えた。彼は左右の乳首を交互に含んで舐め回し、徐々に腰を突き動かしはじめた。

「く……！」

亜矢子が眉《まゆ》をひそめて呻き、刺激に否応《いやおう》なく濡れはじめてきたのか、次第に動きがヌラヌラと滑らかになってきた。

さらに武志は開かれたブラウスに潜り込み、ジットリ汗ばんだ腋《わき》の下にも鼻を埋め、甘ったるく濃厚な汗の匂いに噎《む》せ返った。

まず、ソープ嬢では感じられないナマの体臭である。武志はジワジワと絶頂を迫らせ、亜矢子の白い首筋を舐め上げた。そして色っぽく喘ぐ口に鼻を押し付けて嗅ぐと、乾いた唾液の匂いに混じり亜矢子本来の匂いだろうか、花粉のように甘い刺激が悩ましく鼻腔を刺激してきた。

(ああ、自然のままの匂い……)

武志は激しく興奮を高めて腰の動きをリズミカルにさせ、美熟女の甘い吐息を貪りながら、ピッタリと唇を重ねていった。嚙まれる心配もなさそうなので舌を挿し入れて滑らかな歯並びを舐め、いつしか股間をぶつけるほどに激しくさせると、

「ああ……」

亜矢子が熱く喘ぎ続け、挿し入れた舌で生温かな唾液に濡れた美熟女の舌を舐め回した。かぐわしい息と唾液のヌメリに、もう我慢できず、武志は今初めて童貞を失った気持ちで、激しく昇り詰めてしまった。

「く……!」

突き上がる大きな絶頂の快感に呻き、熱い大量のザーメンをドクンドクンと勢いよ

く柔肉の奥にほとばしらせた。

亜矢子は、すっかり諦めきったように熟れ肌の強《こわ》ばりを解き、グッタリとなっていた。武志は動きながら、心置きなく最後の一滴まで出し尽くし、

（やっぱりナマはいい……）

そう思いながら満足し、徐々に動きを弱めていった。まだ膣内は息づくような収縮が艶《なま》めかしく繰り返され、刺激されたペニスが過敏にヒクヒクと内部で跳ね上がった。

そして彼は亜矢子のかぐわしい吐息を嗅ぎながら胸を満たし、うっとりと快感の余韻に浸り込んでいったのだった……。

――武志は後日、亜矢子からの通報で、エアコン会社を通じて即刻逮捕された。

武志は容疑を認めたものの、「あれは合意の上だった」と主張したのだった。

花房観音

魔法にかかった女子大生が身につけた〝技術〟

花房観音（はなぶさ・かんのん）　1971年兵庫県生まれ。2010年に「花祀《はなまつ》り」で団鬼六賞大賞を受賞し作家デビュー。著書に『寂花の雫《しずく》』『楽園』『鳥辺野心中』『女の庭』『愛の宿』『まつりのあと』『花びらめくり』『くちびる遊び』など多数。

田舎育ちの私は、憧《あこが》れだった神戸の街で大学生活を始めました。合コンで知り合ったユウキと初めてセックスし、幸せを感じた私は、彼がバイトしているバーに通い出したのです……

ただ恋しただけだったんです。彼のことを好きになって……。なのに、どうしてこんなことになっちゃったんだろう。

出会いは合コンでした。私は島根県の田舎から神戸の女子大に入学して、夏休み明け、秋の講義がはじまった頃でした。神戸に憧れてたんです。高校一年のときに友だちと遊びに来て、すっかりこの街が好きになり、神戸の大学に行こうと決めました。私の故郷は何もない田舎町で、つまんなくて、私自身も美人でも可愛《かわい》くもない地味な女で、だから憧れの街に行くと自分も変われるような気がしたんです。親にも友達にも恥ずかしくて言えなかったけれど、素敵な彼氏と出会って、ポートタワーのある中《なか》突堤《とってい》や、異人館を巡ったり、ドライブで六甲の夜景を見たりなんてデートをしたいと願っていました。

実際に入学すると、付属から来た娘が多く、学費が高い「お嬢さま」大学と言われていることもあって、すごくきれいでおしゃれで遊び慣れてる娘だらけで、田舎者のダサい私は劣等感を募らせてしまいました。それでも自分なりに化粧を研究したり可愛い服を着て……彼氏を作りたかった。私、処女でした。高校のときはバカな男子しか周りにいなかったし、私もモテなかったけど……本当は恋愛したかった。だけど女子大で、一年目は勉強に集中するためにバイトは親から禁じられて、サークルにも入り損ねたので、誘われるがままに合コンに行き、そこでユウキと知り合いました。

彼は神戸の私立で一番偏差値の高い大学の四年生だけど、休学して海外を放浪していた時期があったので年齢は二十五歳、十九歳の私からしたらすごく大人で人生経験も豊富に見えました。それに、ユウキはジャニーズのアイドル並みにかっこよかった。だから最初は絶対に相手にされないと思っていたのに、連絡先を交換して、次の日にＬＩＮＥが来て「今度ふたりでお茶しない？」と誘われてびっくりしました。

一週間後に、カフェで軽くご飯を食べたあと、三宮のビルの地下にある広いバーに連れていってもらいました。「ここ、俺のバイト先、いい店やろ」と言われ、未成年だからお酒は飲めないと告げると、「真面目《まじめ》なんだな。無理しなくていいよ、ジュースで」と返されて安心しました。バーなんて初めて足を踏み入れた私は緊張して、ユウキのすすめる甘い、フルーツで彩《いろど》られたトロピカルジュースを飲むのが精一杯でした。添えられたチョコレートは、こんな美味《おい》しいの初めてと感動するほどでした。そしてバーから出て、三宮の駅に向かう途中で、「俺、真菜子ちゃんに惚《ほ》れた。つきあってくれへん？」と言われました。

「純朴で、真面目ないい子で、最初に会ったときから惹《ひ》かれてたんや。その辺の遊んでる女とは違う。彼女にするならこういう娘やなって思ってた」そう言われて、嫌なはずがありません。私が待っていたのは、憧れていたのは、この瞬間だったのです。

その日はキスだけして駅で別れたけれど、翌々日、ユウキは私がひとり暮らししているマンションに来て、結ばれました。セックスも初めてで、私はどうしていいかわからず、ひたすら恥ずかしくて戸惑っていましたが、すべてユウキがリードしてくれて、痛みはあったけどひとつになれて感動しました。

「真菜子ちゃんが、俺のものになってくれて、幸せや。大事にするで」

「私も、ユウキくんの彼女になれてすごく幸せ」

そう言い合って、狭いベッドの上で何度もキスしました。初めてのセックスを、大好きな人とできて、私は本当に幸せでした。

＊

「マミです。よろしくお願いします」

私はホテルの部屋に入り、そう口にします。マミというのは、ここでの私の名前です。

「マミちゃん、○○女子大の現役学生って聞いたんだけど、ほんと？」

頭のてっぺんが薄くなった男は、私の父親より年齢が上でしょう。太っていて、ホテルのガウンから覗《のぞ》く胸元には胸毛が生えており、私は目をそらして嫌な表情をしないように必死でした。

「本当ですよ」

「あそこ、偏差値高いし、お嬢様大学として有名じゃない。なんでそんな娘が、こういうことやってんの？」

ホテルに派遣され、男の人の性器を舐《な》めたり手でしごいたり――そんな仕事を週に何度かやるようになってから三カ月になりますが、繰り返し聞かれた質問です。私の働く店は「現役女子大生」を売りにしているのでしょうがないのですが、またかと思いながら、私は「父親が病気になって、学費払えなくなっちゃって……」と、嘘《うそ》を吐《つ》きます。

「そうか、変なこと聞いちゃってごめん。悲しそうな顔しないで、ごめんね」と男は謝ります。きっといい人なのでしょう、正規の料金に「おこづかい、お店に内緒でね」とプラスしてくれました。

私は服を脱ぎ、男と一緒にシャワーを浴びます。「洗いっこしよ」なんて甘えてボディシャンプーを男の身体《からだ》に塗りつけます。清潔にしているつもりでも、若くない男の身体や口からは嫌な臭《にお》いがします。だからこうして、一生懸命洗います。「おじさんも、マミちゃん綺麗《きれい》にしちゃお」そう言って、男は泡のついた指を私の股《また》の間に差し込んできました。「ううっ」思わず、声が溢《あふ》れました。この仕事をしてから、好きでもない男にふれられて、感じてしまうことがあると知りました。セックスは、好きな人としかしてはいけない、好きだから気持ちいいのだと昔は信じていたのに、そうじゃない人とでも、身体が悦《よろこ》んでしまうことがあるのです。こんな、絶対に苦手な容姿のおじさんでも――。

泡をまとった指がぬるっと私の閉じられた性器を撫《な》でて、力が抜けます。奥から温かいものが溢れてきました。時間も限られているのでと、シャワーで泡を落とし身体を拭《ふ》いて、ベッドに行きました。男は横たわり、私は男の両脚の隙間《すきま》に身体を置いて、少し堅くなっているペニスの根っこを親指と人差し指で輪っかを作るように押さえ、ぱくりと口に入れます。

「おっ」男が声をもらし、きゅううとお尻《しり》の穴を締めつけたのがわかりました。感じやすい人のようで、ホッとします。こういう人は、ちゃんと射精してくれるから楽なのです。強い刺激を好み、なかなか出さない、しかもそれを女のせいにする男の人が、一番やりにくいし、何より疲れます。

私は右手で根っこを抑えペニスをくわえたまま上下させます。口腔《こうこう》内をペニスに密着させ隙間を作らず、口を引いた瞬間に唾液《だえき》を溢れさせ全体にまぶし、唇でカリの部分をはじくようにします。そうして、ゆっくりと、深呼吸するぐらいのリズムで、奥まで入れたり、引いたりを繰り返すと、私の口の中ですっかり堅くなり、喜んでいるのがわかります。

「マミちゃん……見かけによらず、上手《うま》いね。遊んでない娘だと思ったのに……」私は口を動かし続けながら、心の中で苦笑していました。遊んでない――確かにそうです。風俗のバイト以外では、ユウキとしかセックスしたことがないのですから。

私は空いている左手で、男の陰嚢《いんのう》をそっと包み込みました。男のペニスがさらに張ったような気がしました。こうしてフェラチオをしながら陰嚢を刺激すると気持ちよくなる男がいるのは、この仕事を始めてすぐに当たったお客さんが、私に教えてくれたのです。その人が何度も指名してくれたおかげで、私は男を射精させるのが上手くなりました。

「……ああ……マミちゃん、すごすぎて、出ちゃいそうだ。ねぇ、本番だめ？」男が指を一本立てて聞いてきます。一万円という意味です。「ううん……一応、お店のほうでだめって言われてるから」私がそう答えると、「じゃあ、これで」と、男は二本指を立てたので、二万円ならと、私は頷《うなず》きました。どこの店でも本番行為は禁止とは言っていますが、それは建前で、やってる娘はたくさんいます。最初は抵抗ありましたが、お金には代えられません。

「ちゃんとゴムつけてね」私がそう言うと、男は嬉《うれ》しそうに頷き、ベッドの脇《わき》の小箱においてあるコンドームを取り出しました。生でしたがる男も多いので、いい人にあたったと安心しました。

＊

ユウキと恋人同士になったけれど、彼は忙しく、「バイト先の店に来てくれたら会えるから」と言われ、しょうがなく私はひとりで彼のバイト先のバーに足を運びました。ジュースと軽いおつまみしか注文しないとはいえ、メニューに値段が書いてない店なので不安はありました。

彼に会うために最初に行ったとき、トロピカルジュースとジャスミン茶、この前食べたチョコレートとチーズの盛り合わせを私が頼み、ユウキもウイスキーを三杯飲みました。店が空《す》いていたこともあり、二時間ほどふたりで楽しく時間を過ごしました。ユウキが、「そろそろお客さん、増えてきたから、少しは働かなくちゃ」と言うので、帰ろうとして財布を取り出したら、「ツケでいいよ。また来てもらうし」と声をかけられ、その通りにしました。

お店に行くと、ユウキだけではなく他のバイトの人たちも「ユウキの彼女？　可愛いね」と、すごく優しくしてくれて居心地がよく、私は週に二度、多いときは三度通うようになりました。ユウキは一週間に一度、お店を私が訪ね、彼が早上がりのときだけ私の部屋に来てセックスして泊まることなく帰っていきます。

そうして三カ月もした頃でしょうか、ある夜、店を一緒に出て私の部屋に来たユウキは急に困った顔をして、「実は……真菜子ちゃんのツケ、すごくたまっててさ」と話を切り出します。「俺も、知らなかったんだよ。お金については関与してない、ただのバイトだから。二百万ぐらい」

「何それ！」私は驚きのあまり、つい大声をあげてしまいました。「どういうこと？そんな高い店だったの？」混乱していました。聞けば、私が飲み食いしたものだけではなく、ユウキや、席に遊びに来てくれる他のバイトの男の子たちの飲み代、チャージ料、サービス料などでそれだけかかっており、私自身は飲めないのに、ユウキの誕生日だからとすすめられるままに頼んだシャンパンの中には、数十万円のものもあったらしいのです。私の実家は私立の学費の高い大学にいかせてくれるぐらいだから貧しくはないし、バイトを禁じられている分、仕送りも多めにしてくれてはいたけれど、それでも二百万円なんて払えるわけがありません。

「どうしたらいいの……」こんなこと、親に話せない。両親とも真面目に働いて、私を大学まで行かせて、妹や弟もいるのに、バーに通って大金を使ってしまったなんて言えない。大学の友人たちにも相談できません。ユウキのことは一流大学に通うカッコいい彼氏がいると自慢まじりで話して羨《うらや》ましがられているのに。それに何より、誰かに話して、ユウキが悪く言われるのが嫌でした。私はユウキが好きで、恋して、彼のことを信じていました。

「それでね、もし払えないなら、俺の客だから俺が責任とれってことになっちゃうんだよ。うちの店、オーナーが怖い人ともつながりがあって……」ユウキがそう言って、私の肩にふれて抱き寄せてきました。

「私、そんなお金ないの」「ひとつだけなんとかする方法がある」「何？　どうすればいいの？」「お金になるバイトがある。……これしか手段がないんだ。俺のために、頼む」ユウキは自分の知り合いがやっているデリヘルで働いてくれと口にしました。

デリヘル……それが何かぐらいは、ぼんやりと知っていましたが、自分と性風俗を結びつけて考えたことが今までなく、呆然《ぼうぜん》としました。私には縁のない世界のはずだったのに。後で考えると不審なことはたくさんあるのに、そのときの私は、恋という魔法にかかっていて、働いてお金を返すことを決めたのです。

「マミちゃん、すごくいい」ハゲた男が望むので、私は上になって腰を動かします。上下よりも前後に動かしたほうが自分自身は気持ちがいいのは、この仕事をして初めて知りました。「あー！　俺、イくかも！　マミちゃん、もっと激しく！」男が顔をしかめます。汗だくで、その顔が、ひどく滑稽《こっけい》でした。こんな男に欲情なんてしたくないのに、身体は感じています。

最近、大学も休みがちになりました。屈託なく、楽しく、大学生活を謳歌《おうか》しているように見える同級生たちと、話したり遊ぶことがつらくなったのです。華やかな女子大生活よりも、こうして安いラブホテルで、ハゲた中年男の性器をしゃぶる私のほうが本当の私だと思うと、朝起きても身体が怠《だる》くて大学に行くのが億劫《おっくう》になりました。

「マミちゃんの腰の動き、すごい。もう、俺、だめ……」

私は腰の動きを上下に切り替えスピードを出し、ぎゅううと下腹部に力を入れます。

「イくぅーー」男の腰が私を載せたまま浮き、どくどくと避妊具の中に溢れていく感触がありました。

＊

ユウキが逮捕されたのは、ネットのニュースで知りました。それではじめて、私だけではなくたくさんの女の子が、ユウキや、あのバーでバイトしていた他の男たちにより、高額なツケの支払いをさせるために風俗で働かされていたのだとわかったのです。ネットにはユウキの名前や顔や大学名も出て住所や親の仕事までさらされていますけれど、本当はユウキの実家は芦屋で父親は貿易の会社を経営していると私は聞かされていたけれど、本当は東北の田舎から大学入学を機に出てきたのだと知りました。高校の卒業アルバムのユウキの写真をネットで見ましたが、今と全然顔が違います。女たちを風俗で働かせた金で整形したのだと書いてあるサイトもありました。

ユウキのLINEや通話の履歴から調べられたのか、私も警察に事情を聴かれて、正直に話しました。幸い、親に連絡されることもなく、ツケも払わなくていいと聞いて、私は風俗から解放されました。取調室にいた女性警官に、部屋を出るとき、「二度と悪い男に騙《だま》されちゃダメよ」と哀れみを込めた目をして、そう言われました。

私は何事もなかったかのように大学にもまた通いはじめ、何事もなかったかのように同級生や教授たちと、たわいもない話をして過ごしています。けれどふと何かの拍子に、お金をもらってたくさんの男たちにサービスして喜ばれていたときの高揚感や達成感を思い出してしまい、昔の、セックスは好きな男とするものだと疑わず信じ、恋に夢を抱いていた私には戻れないのだと思い知らされます。その場で初めて会う男たちに、身体をまさぐられたときに感じてしまい、早く射精させる技術を身につけた自分は、「純朴な女子大生」ではないのです。ユウキとは、結局、高校時代に憧れていたように、神戸の街でデートする機会もなく、連絡がとれなくなりました。私のことを愛していると言っていたのは嘘ではないと、心のどこかで信じている自分はバカだと思いながら、忘れることができないままです。

私はただ恋をしただけなのに、好きになっただけなのに。好きな人に会いたくて、好きな人を助けたかっただけだったのに。

次に誰かを好きになるのをこわがっている自分がいます。

「ママタレ」が奏で損ねたコントラバスとバイオリン

久間十義

久間十義（ひさま・じゅうぎ）１９５３年北海道生まれ。87年、「マネーゲーム」で文藝賞佳作入選しデビュー。90年、『世紀末鯨鯢《げいげい》記』で三島由紀夫賞受賞。その他『刑事たちの夏』『ダブルフェイス』『デス・エンジェル』などの著作がある。

17歳でデビューした金森沙羅《かなもりさら》も、いまやママタレ。仕事ほしさに昔馴染《むかしなじ》みのプロデューサーを頼り、そのまま不倫関係が続いているのだが、「アルコールプレイ」に溺《おぼ》れたことで……

あっ、と気づいたときには、目の前に二人の姿が大きく迫っていた。ブレーキ！ブレーキッ！

右足をぐん、と突っぱって目を瞑《つぶ》る。確かに何かに当たった感触があって、その後、シートベルトをした上半身に信じられないほどの強い衝撃がきた。同時にガクン、と異様な音を立てて沙羅のアウディが止まった。

ハンドルを強く握りしめたまま、目を開けると、フロントの窓越しに倒れている二つのモノが見えた。一つがコントラバスのように舗石に転がっていて、その傍らでもう一つ、小さなほうが壊れたバイオリンみたいに横たわっている。二つとも、ひゅう、ひゅう、と息をしていた。

急いでドアを開け、車から降りかけて、沙羅の足がピクッと止まった。慌《あわ》てて周りを窺《うかが》う。バックミラーでも何度も確かめて、誰も人がいないことが分かると、ふっと悪心が浮かんだ。このまま逃げよう。誰も見ていない――。

1

「……10分ほど前」

「沙羅、おまえ、だいぶ酔ってるぞ。車はやめてタクシーを拾えよ」

プロデューサーの灰谷がガウンの前をはだけ、胸毛とたるんだ腹を見せて言っていた。

「大丈夫よ」とメイク中の沙羅は答えた。「タクシーなんて拾っていたら遅れてしまうし」

早いところ自宅に戻っておばあちゃんと健太郎を拾い、幼稚園まで届けなければ……、と続く言葉を、彼女は飲み込んだ。

「そうか」と灰谷がうなずいた。「そういえば、今日は朝から番組のロケがあったんだな」

「そう。遅れたら、次から使ってもらえなくなる」

「わかった、早く行け。次は野外で露出をやろう」

「ばか」

そう言って沙羅は彼のマンションを出たのだった。いつものようにマスクをして、野球帽を目深《まぶか》にかぶった。芸能カメラマンが狙《ねら》っていないかぎり、自分が〝ママさんタレント〟の金森沙羅だと気づく人間はいないはずだった。

車に乗り込んだとき、激しい眠気の発作に襲われた。灰谷とのセックスの後では、いつもそうなる。縛られたり、猿轡《さるぐつわ》を嚙《か》まされたりでひどく体力を使うし、羞恥心《しゅうちしん》を消すためにアルコールを飲み、続けて意識をはっきりさせて、性感を高めるために強精アンプルや経口の向精神剤を大量に飲むからだ。

彼女は肩をすくめて、バッグから経口カフェイン剤を取り出した。水がなかったので3錠ばかりガリガリと嚙み砕いて嚥《の》み込んだ。たぶんこれで少しは効いてくれるはずだ。

灰谷と身体《からだ》の関係になったのは、はるか以前。沙羅が17歳でアイドル・デビューしてからすぐだった。もう15年以上も前のことだ。性上納という言葉を最近、週刊誌や芸能雑誌でよく見かけるようになったが、そんな言葉はなくても、昔は若い子が売れるためにはプロデューサーや政治家と寝るのが当たり前だった。

「おまえ、初めてなのか？」

ベッドの前にシャワーをさせて、と懇願した沙羅に、あのとき30歳を少し過ぎた灰谷は、中年男もビックリのねちっこさで太ももに手を這《は》わせ、乳房をねぶってきた。

「可哀《かわい》そうに、震えてるぞ」

肩においた手でぐいっと沙羅の身体をひっくり返し、唇を弄《もてあそ》ぶ。あそこの濡《ぬ》れを確認して、挨拶《あいさつ》代わりにいきなり、ずちっとしたモノが入ってきた。

それから、あれこれ、こんな格好をしろだの、うつ伏せになれだのと指示を出され、それをすべて受け入れると、いい子だな、と目を細めてニカッと笑った。灰谷が機嫌よいときの顔だと後から知った。

沙羅は身体が柔軟だった。あのときはどんなポーズも、どんな体位も受け入れて、自分でも気づかぬうちに上りつめていた。灰谷がそうしむけたのだ。スパンキングというのだろうか、後ろ向きで交尾させられて、尻《しり》をぺちぺち叩《たた》かれた。痛かったけれど妙に興奮した。犬のようにつながって、その姿が化粧室の鏡に映ると異様な歓《よろこ》びが彼女を襲った。

「気に入ったぞ」と黒光りするペニスを無理やりに喉《のど》深く咥《くわ》えさせて、灰谷はそう沙羅に告げた。

2

しかし灰谷との関係は長くは続かなかった。2、3度、相手をさせられて、それっきり。もともとが〝枕《まくら》〟営業で、灰谷はその対象としてはペーペーだったのだ。所属プロダクションの命令で、もっと上の役職者と行為させられる沙羅を見て、彼は捨て台詞《ぜりふ》を吐いた。

「おまえも、だんだん売れてお高くとまるようになったな。まあ、いいや、そのうち、俺のことも思い出すことがあるだろうって」

彼女はその言葉に微笑《ほほえ》んだが、思い出すどころか、灰谷とのセックスは忘れられなかった。彼で彼女はイクことを覚えたのだし、そのせいで嫌々だった〝枕〟も積極的にこなすようになっていったのだから。

淫乱《いんらん》なセックス漬けの毎日。でもその事実を直視することなく、沙羅は〝枕〟をせっせとこなし、順調に芸能界に染まっていった。沙羅の他にメグ、理香、佳奈で売り出した4人組は、歌って踊れるユニットとして歌番組やバラエティに引っぱりだこ。

いつしか沙羅は灰谷とのことを忘れたはずだった。

写真集も何冊か出し、紅白にまで出て、飛ぶ鳥を落とす勢い。相変わらず〝枕〟の要求もあったが、ヒット曲もいくつか出て、〝枕〟を断っても問題がないほど売れるようになっていた。

かくして芸能界の水に馴染んだ沙羅たちがユニットを解散したのは、それから数年後。あるかなしかの音楽性の違いや、4人のメンバーそれぞれに男ができたり、余りの忙しさにネを上げてのことだった。

「あたしたち、解散しよっか?」

すっかり自信を持ち、一人《ピン》でもやれると過信した4人組は、プロダクションの軛《くびき》を逃れようといろいろ画策しはじめた。沙羅が中本紘汰に出会ったのはちょうどその頃。その種のアイドル芸能人が集められた、若手IT起業家たちとの合コンでだった。

運命の出会い、と彼女は信じた。紘汰はいい男だった。いっけんチャラ男だけれど筋骨は逞《たくま》しく、笑顔が素敵で何より気っ風《きっぷ》が良かった。

「職業は?」と訊《き》くと紘汰は「青年実業家でーす」とおちゃらけた。赤坂のソルロンタン屋に誘われて、一口啜《すす》って「美味《おい》しい!」と感想を洩《も》らすと、「うん、母《オモニ》の味ね」とウインクされて意気投合した。

楽しくって仕方がなかった。起業家たちが共同で持っていた自家用ジェット機に乗せられて、グアムに飛んだり、マカオで遊んだり、ワールドカップも見に行った。上場で手に入れた泡銭《あぶくぜに》がふんだんにあった。流行《はや》り始めたSNSで沙羅が「幸せ！」とつぶやくと、あっという間に炎上した。金で転ぶアイドル、というのがその頃の彼女に関する評判だった。

でも沙羅は負けなかった。だったら、そんなふうに振る舞えばいいのだ。あたしは青年実業家の女。もう誰にも何も言わせない。じっさい紘汰と結婚式を挙げたときは費用はテレビ局持ちで、参会者が1000人を超え、1回では収まりきらず1日に3回挙式する大パーティになった。

それからはセレブ妻としてワイドショーに出演し、妊娠して健太郎を産み、時折コメンテーターもこなすママタレとして認知された。ユニットの他の3人が鳴かず飛ばずなのに比べ、けっこうな露出だった。

だがこの世界は浮沈が激しい。いい気になっているうちに案の定、しだいに出番が減ってきた。しかも自分ばかりでなく、旦那《だんな》の紘汰の商売も陰り始めていた。

「なあ、沙羅、おまえ、少し融通してくれないか？」

「また？　今度はいくらなの？」

「1000万でいいよ。当座の遊ぶ金が足りない」

遊ぶ金、などと言いながら、その頃には資金繰りが厳しくなり始めていた。知らないうちに9桁《けた》あったはずの彼女の貯金は底をつき、白金台の自宅も抵当に入っていた。

これじゃ話にならない。私が稼がなきゃ……。そう思って芸能界にゴリ押しで戻ったときには、もう〝枕〟でも何でもして自分が生活を支えるしか術《すべ》がなくなっていた。健太郎の世話は紘汰の母親を大阪から呼んで見てもらうことにした。おばあちゃんは我慢強かった。直情的で少し粗野だったけれど、働き者だった。

「紘汰が甲斐性《かいしょう》無しでごめんね」

会社を清算し、知り合いの遊技場関係で名ばかりの役員ポストをもらった息子を恥じてか、母親はそんなふうに彼女に謝った。

「大丈夫。人生に浮き沈みはつきもの。今は私がやんなきゃダメでしょ」

そう言いながら子育てを丸投げ。沙羅はストレスからアルコールに手を伸ばした。仕事のあては、まだあった。過去の付き合いから四方八方に手を広げるうち、懐《なつ》かしい顔にぶつかった。今では某TVキー局の辣腕《らつわん》プロデューサーとして名を売っている灰谷だった。

「ほう……、来たか」

灰谷はまるでこの時が来ることを見透かしたような、自然な態度で沙羅を迎えた。久しぶり、と少しはにかんで挨拶した彼女に、まあ、昔の馴染みだ、そんなに堅苦しくするなよ、と柔らかく告げた。灰谷の魂胆はわかっていた。

「わたしでいいの？　33歳のおばちゃんよ」

「もうそんなになるか。女は30歳からだよ。あそこは脂《あぶら》が乗るアラサーぐらいが一番具合がいいんだ」

本気なのか冗談なのか、灰谷はそんな世迷《よま》い言《ごと》をつぶやいて沙羅をベッドに誘った。人目を避けた、目黒の隠れ家ホテルの一室だった。

「懐かしいな。おっぱいも垂れてないし、ヒップなんてぷりっぷりじゃないか。よしよし」

灰谷の言葉に、沙羅は鼻を鳴らした。半分自棄《やけ》で甘えてみたのだ。そうやって、灰谷が好きな網タイツを穿《は》いて「さあ、どうよ？」と彼の前に足を突き出した。

「おお、いいねえ。『あたしの足をお舐《な》め』ってか……」

灰谷はうっとりした表情になって、彼女の右足の親指にしゃぶりついた。ねっとりと指をしゃぶって、ツーとその舌を足裏から、アキレス腱《けん》、ふくら脛《はぎ》へと滑らせる。そう、そう、と沙羅は思った。この人、こういう性癖があったんだ。思い出したわ。

そうこうするうち灰谷が、持ち込んだバッグをベッドに投げ出した。中に大小、いろいろの性具が詰め込まれていた。「おまえ、たしか責められるのも好きだったよな？」

その後の数時間はめくるめく世界だった。灰谷の指は繊細だった。激しく、強く、柔らかく、彼女の身体をかき鳴らし、揺さぶった。得も言われぬ官能の波がうち寄せ、もんどりうって沙羅は翻弄《ほんろう》された。

「早く……、早く、入れて」

「うん、何を入れるんだ？　言ってみい」

「おち○ちん……、おち○ちんをください」

「よし！」

その後に、ずちっ、としたものが沙羅のヴァギナに入ってきた。これよ、これ。これが欲しかったの……。身体を弓なりに反らせて、沙羅は知らずに腰をつかっていた。

3

それからというもの、灰谷との枕はもう一種の中毒だった。

「男と女の間ではもっと面白いナニがあるのを知っているか？」

「何？　何がしたいの？　撮影はダメだよ」

沙羅は調子に乗った灰谷に怖気《おじけ》づいてもいた。自分の動画が出回るのだけは避けたかった。

「心配するな。これを被《かぶ》ってみろ」

マスクだった。仮面舞踏会《マスカレード》のマスク。灰谷はそれでハプニング・バーに行こうというのだ。だから行った。ハプニング・バーは面白かった、見られることで興奮がいや増すのだ。

「皆さん、この娘、実は元アイドルです。ぷりっケツの元アイドルです」

灰谷はそうあからさまには言わなかったが、小声で、こいつ、実は……、と客に耳打ちしていた。ぞくっとした。自分が誰か、絶対にバレたくないと思えば思うほど、激しく性感が増してあそこに蜜《みつ》が溢《あふ》れでる。

「おう、舐めてもらえ、皆さんにたくさん舐めてもらえ」

灰谷はそう言って、彼自身のペニスをそそり立たせた。沙羅が屈辱を感じ、興奮するのが、たまらなく愉《たの》しいのだ。

二人の関係は、もう止まらなかったが、ただ、これには副作用があった。飲まなきゃやってられないのだ。アルコールを入れたらそれだけ羞恥心がなくなって、どんなことでも出来た。でもそれじゃ酔いつぶれて意識がなくなる。怖くて精力ドリンクや、カフェインを大量に摂取した。灰谷が知り合いの医者から貰《もら》ってくる向精神剤は特に効いた。

そうこうするうちに沙羅は夫の紘汰に興味を失っていった。紘汰は見かけよりもずっとナイーブだし、近頃は自虐《じぎゃく》の言葉を発するまでになっていた。

「そのうち上昇気流に乗りますから、奥様、どうぞ頑張って。奴隷《どれい》の私めを養ってください」

真面目《まじめ》な顔でそう言って、仕事仲間だかと済州島に長期出張して、出来もしない金の算段をし始めていた。

無理無理、と沙羅は思った。こいつ、私の貯金ぜ〜んぶ持っていって、その上に借金をこさえた。ITの仲間にも愛想づかしされちゃって……。

心の中で嘲《あざけ》りながら、それでも可哀相になって夜、相手をしようとして愕然《がくぜん》とした。紘汰のアレが大きくならないのだ。

「ちっくしょ、ぜんぜん勃《た》たないよ」

泣き喚《わめ》く紘汰にすーっと興味が引くのを覚えていた。EDの旦那なんて、何の役にも立たない。

でも表面的にはいい奥さんを演じた。でなければワイドショーで見せるママタレの看板を降ろさねばならない。とにかく見かけが大事。評判が大事。売れるのが大事。その上で灰谷との情事に励めばいい。

灰谷とはお酒、それから強精剤と向精神剤をガリガリ嚙んで目一杯愉しんだ。ぱしっと決まったときはやたら元気で、一睡もせずに朝帰りして、一人息子を幼稚園に送り届けた。紘汰は長期海外出張とやらであてにならないし、彼の母親には運転免許がなかったからだ。

毎朝タクシーで白金台から目白の幼稚園に向かわせるのは業腹《ごうはら》だった。仲良くタクシーに乗り込む義母と健太郎を眺めて、沙羅は肩をすくめた。やっぱりわたしが送らなくっちゃ……。二人は大小の楽器が手をつないで歩くのを連想させた。コントラバスとバイオリン。何やら不細工な演奏を交わして、二人はいそいそタクシーに乗り込んでいた。

4

コントラバスとバイオリン？

――そう、沙羅は正体不明の二人を撥《は》ねてから20分後、もう一度現場に引き返していた。逃げ出して気づいたが、二つの壊れものを轢《ひ》いた場所は白金台だった。沙羅は自宅のすぐ近くで二人を轢いたのだ。もしや、と背筋が震えた。もしかして、あれは……。

引き返して車をいったん車道の脇《わき》に停め、ロープの張られた現場を覗《のぞ》こうとしたとき、背後から声がかかった。警察だった。それからのことはあまり覚えていない。呼気検査があって、「そんなに飲んでません。カクテルを2杯ほど」と言ったのは覚えている。「信じてください」

強く訴えた沙羅だったが、彼女はそのときうすうす感じつつも、義母と息子が救急病院に搬送された事実を、はっきりと教えられはしなかった。コントラバスもバイオリンも、弦が切れれば演奏はお終《しま》い。家族という見せかけも、セレブ妻という見せかけもそれでお終いなことに、まだ沙羅は気づいていなかった。ママタレの道は険しい……。

内藤みか

「地道な女」が損切りされたみずみずしい快感の〝残高〟

内藤みか（ないとう・みか）　1971年山梨県生まれ。『いじわるペニス』『あなたと、したかったから。』『あなたを、ほんとに、好きだった。』『ママなのに』『男おいらん』などの著作がある。

安月給が嫌だった水元尚子はある日、仮想通貨のセミナーに参加して児島圭太と知り合う。一回りも若い男の身体《からだ》を堪能《たんのう》し、勧められるままコインを買うと、価格は高騰《こうとう》して……

1

水元尚子（三五）は、スマートフォンに表示された残高を、何度も見直した。にわかには信じがたいような大きな額がそこに出ていたからだ。

それは、都心の職場近くで売り出し中のワンルームマンションを現金一括払いで購入しても、なお余裕があるほどのまとまった額だった。あの部屋を買えば満員電車で一時間近くも押し潰《つぶ》されかけながら通勤する必要はなくなるが、到底難しいと諦《あきら》めていた。それがあっさり手に入る。一体自分に何が起きたのか、よくわからなかった。

尚子が大学入学のために上京してからもう十七年になる。卒業後は中堅の菓子メーカーで事務職として勤務してきた。もう十年以上勤めているが、給料は安く、女のひとり暮らしを賄《まかな》うのが精一杯で、貯蓄もままならない。

低賃金のせいもあり、同期入社の仲間は次々と退社していったが、尚子には転職する勇気が出なかった。キャリアもなく美人でもない自分を雇ってくれるところなど、この会社以外に見つからない気がしたからだ。就職活動の際も何十社にも撃沈された末に、やっとのことでここに拾ってもらえた。あの時のような屈辱を味わうのはもうごめんだったのだ。

故郷の群馬県に帰る時も特急には乗れず、鈍行で向かう節約人生を送っていたはずなのに、深夜の自宅で残高画面のリロードを繰り返すたび、まるで打出の小槌《こづち》を手にしたかのように、残高はどんどん増えていく。今までずっと耐え忍んできた自分の苦労がついに報われる日が来たのだろうか。

（圭太くんにお礼を言わなくちゃ）

尚子は震える手でメッセージアプリを開いた。思いがけない大金が入ったのは、児島圭太（三二）のおかげだったからだ。

2

尚子がそのセミナーに参加したのは、お金が少しでも増えるのなら、という祈るような思いからだった。今の給料のままでは、ちっとも贅沢《ぜいたく》ができないし、老後に困窮しそうな不安もあった。ほんの少しでいい、旅行を楽しんだり、ブランドバッグを持つくらいの余裕がほしい、そんなささやかな欲もあったのだ。

参加したのは、仮想通貨のセミナーだった。ニュースで価格が上昇しているなど何度も報じられ、気になっていた。けれど、銀行で売っているわけではなく、別の手続きが必要らしい。インターネットには情報が溢《あふ》れすぎていて、何をどうしたらいいのかさっぱり見当もつかなかったところに初心者向けの解説講座を見つけたので、飛びついたのだった。同じように考えていた人が大勢いたらしく、会場は百人以上の参加者で満員で、かなりの熱気だった。

けれど、そのセミナーは初心者向けと謳《うた》っているにもかかわらず、今まで聞いたこともなかった「フィンテック」や「ブロックチェーン」などのカタカナ用語が飛び交い、半分も理解できなかった。ただ、わかったのは、この世に仮想通貨は一つではなく、千以上もの種類が発行されており、そのどれが価格が上がるのかをよく見極めなくてはならないということだった。そしてもちろん尚子には、そんな芸当はできそうもなかった。

セミナーが終わる頃に、一枚のチラシが配られた。仮想通貨投資のノウハウが収められた十枚組のＤＶＤの案内で、十万円もするものだったが「今日のセミナーでは語り尽くせなかった全《すべ》てがこの中に入っています！」とステージで声高に連呼しているので、気持ちが揺れた。

左隣の若い茶髪の男性に、

「あのう、ＤＶＤは買ったほうがいいんでしょうか」

と尋ねてみると、

「僕は学生なんで、そんなお金があったら投資のほうに回しますね」

という答が返ってきた。それが圭太だった。少しきつめの一重まぶたをしていたこともあり、最初は冷たそうな印象を受けたが、話してみると、真面目《まじめ》で親切な大学生だった。

彼は、バイト代で投資に挑戦しているという。若いのにしっかりしてますねと感心すると、多額の奨学金返済があって、少しでも足しになればと思ってのことだと言うので、この人もお金に苦労しているのだ、とせつなくなった。

そのまま圭太にあれこれ質問しているうちに、閉場の時間となり、よかったらメシでも食べながら話しませんか？　という彼の誘いに喜んでついていったのだった。

3

その夜、尚子は圭太と関係を持った。ワインを飲みながら話をしているうちに盛り上がり、もっと一緒にいたいと彼にせがまれるがままに近くのラブホテルに入ってしまったのだ。

もう何年もそういうことをしていなかった。自分はこのまま、たったひとりで老《ふ》けていくのだ、そう諦めていたのに、若い男の肌に触れた途端、一気に欲情が蘇《よみがえ》った。

「僕、あんまり経験がないんですよ。さっきコインのことを教えてあげたんだから、今度は尚子さんがいろいろ教えてください」

そうせがみながら、圭太が裸を見せてくる。年上というだけで慣れていると思われているようだった。実は久しぶりなの、ということは、彼には言えずにベッドの中に滑り込む。

彼の体には、若い肌特有のみずみずしさがあった。骨ばって痩《や》せた体の中心に、勃《お》き上がりかけている真っ直《す》ぐの棒があった。それを口に含み、いっぱい慈《いつく》しんであげると、すごいですね、と彼が吐息を漏らした。同世代の女の子はもっと簡単にしかしてくれないのだという。

若い男の子に体を見られたくなかったけれど、圭太は見たがり、部屋を明るくしてしまった。若い女の子に比べて、体の線が明らかに崩れているし、肌も乾いているというのに。

「いや、恥ずかしい」

「その恥ずかしがるのを見たいんですよ」

顔を隠した尚子の両手を握るとシーツに押しつけ、圭太が重なってくる。手を押さえつけられているので、もう体のどこも隠すことができない。バストの頂点にあるベージュピンクの半円形の果実を音をたてて吸われると、甲高い声が出てしまう。

「すごく感じやすいんですね」

そう言われても、ご無沙汰《ぶさた》だから何もかもが新鮮なのとは言えず、尚子はただ頷《うなず》いた。年下の男が真剣な表情で張り詰めたものを押し込めてきただけで、声をあげてしまう。

細身の彼が腰を勢い良く振り立ててくるたびに、いやらしい音が室内に響き、女体の奥の溜《た》まりに溜まっていた鬱憤《うっぷん》が、破壊されていく。

「ああ、嬉《うれ》しい、嬉しい」

圭太の硬い体にしがみつき、振動に浸る。うっすら肉が乗った裸体を震わせながら、尚子は大きく口を開け、部屋に漂う熱気を吸った。彼が撃ち込むと、女尻が震え、快感が増幅する。こんなにも強く突いてくれる彼が、愛《いと》おしくてならなかった。

たった一歩、人生を好転させるために踏み出したら、こんなにも素敵なことが起きるのだ。思い切ってセミナーに行って本当に良かった、と心から感じる気持ち良さだった。

圭太は大学では経営学を学んでおり、いつかは起業したいので、その資金も仮想通貨で用意したいと考えているのだという。

尚子より一回り以上も下だというのに、圭太はよく勉強していた。そして、

「もし大きく稼ぎたいのなら、ＩＣＯを狙《ねら》ったほうがいいですよ」

と教えてもくれた。ＩＣＯとは、まだ市場に出回っていないコインをプレセールで購入するものだ。

「未公開株と似たような感じですよ。市場に出たら価格が上がる可能性が大きいもの

を買うといいです」


「何がいいのかなんて、私には全然わからないわ」

「パラディーンコインは絶対買っておいたほうがいいですよ。僕も買うつもりです」

圭太は、力を込めてそう言った。ＩＴ系の大企業も出資しているＶＲゲーム専用コインなので、今後確実に上がると予想しているそうだ。

わけがわからないまま、彼がそう言うのなら、と、尚子は貯金の半分をパラディーンコインに突っ込んだ。その一ヶ月後に、それは海外取引所に上場し、価格は一気に十倍以上に高騰したのだった。

4

メッセージを送ったその夜、圭太から電話が来た。尚子の喜びの報告を彼は嬉しそうに聞き「もうちょっと持ってたほうがいいですよ、まだ上がりますから」とアドバイスしてきた。

そう言われると欲が出る。できれば投資用のマンションも欲しい。そうしたら会社を辞めても家賃収入で生きていけるからだ。そんな話をぽろっとすると、いったいい

くら注ぎ込んだんだ、と聞かれたので正直に答えると、一瞬の沈黙の後で、

「ずいぶん思い切りましたね」

と彼は驚いたような声を出した。初心者は最初、少額から始めるものらしい。けれど、上がったのだから結果オーライだった。

「本当にありがとう。圭太くんのおかげよ」

「あはは、じゃあ情報料として何かお礼をしてもらおうかな」

「もちろん。今度お食事をご馳走《ちそう》させて」

本当は彼とまた抱き合いたかったが、そんなことは恥ずかしくて言えなかったので食事、と伝えると、彼は「それじゃあ焼肉がいいな」と乗り気になっていた。

「圭太くんはコイン、もう売っちゃうの？」

「そうですよ。僕はこれを元手にコインのＦＸでさらに増やします」

「ＦＸって？」

「尚子さんにはまだ早いですよ」

圭太は笑った。実際に持っているコインの十倍以上の額を動かせるので、儲《もう》けも十倍以上になるのだという。

「僕はＦＸで稼いだお金で世界一周旅行をするつもりなんです」

圭太の夢に、なんともいえない羨《うらや》ましさを尚子は感じた。生活の心配ばかりしている自分とは違い、若い彼の眼の前には明るい未来が広がっている。世界に飛び立とうとするフットワークの軽さが羨ましかった。

けれど、それから十日も経《た》たないうちに、彼から電話が入った。出ると、今すぐ会いたい、と切羽詰まった声が耳に入ってきた。

5

呼び出されたシティホテルの部屋に入った途端、圭太は尚子の後ろに回り込み、抱き締めてきた。

「どうしたの？　急に」

「どうしても会いたくて」

圭太は息を荒げながら、尚子のブラウスのボタンを外し、ブラジャーの上から双つの丘を揉《も》んでくる。

「あっ……、ねえ、どうしたの？」

「ねえ、パラディーンコイン、ちょっと分けてよ」

「……え？」

尚子は戸惑った。

「圭太くんのコインは？」

「溶かしちゃったんだ。ＦＸで」

先日、パラディーンコインが一気に値を下げ、すぐに戻した時があった。その時にロスカットされたのだという。

「ロスカットって？」

「強制的に損切りさせられて、一千万円のマイナスなんだ。明日までに追証《おいしょう》、払わないと」

「そんなに!?」

「そう。だからさ、助けてよ」

ぐいっ、とブラジャーが左右に開かれ生の乳房を掴《つか》み出される。金額の大きさに尚子は身震いした。

「助けるって……？」

「まだパラディーンコインあるんでしょ？　少し分けてよ」

「そんな」

驚いて振り返った瞬間、圭太の両手が、白い丘を強く摑み、ビクッと全身が跳ねるような衝撃が走る。

「尚子さん、情報を教えたお礼をくれるって言ってたよね？」

「食事をご馳走するとは言ったわ」

「それだけじゃ、ちょっとぬるいんだよね」

彼の指が乳首をつねりあげた。

「マンション買うくらい儲かってるんだから、いいじゃん少しくらい」

「そんな……」

呆《あき》れた尚子のスカートを後ろからめくり上げ、圭太はパンティーを一気に下げた。

三十代の、肉が乗った女尻が、彼の前に姿を晒《さら》す。

「ねえ、僕のおかげで儲かったんだからさ」

むき出しになったヒップを揉みしだきながら、圭太が迫ってくる。ヒップの割れ目に、彼の硬くなったものがあてがわれた。甘い予感に尚子の桃尻がきゅっと締まる。

「コイン、くれるよね？」

女尻を左右にぐいっと開き、奮い立ったものを蜜唇《みつしん》に押し付け、圭太は一気に貫いてきた。

「あっ……！」

よろけて壁に両手をついた尚子の中を、圭太は突き上げ続けた。リズミカルな腰の動きに、身体が溶けて崩れ落ちそうになる。

「あああっ、あ、あ……！」

「これからも気持ち良くさせてあげるからさ」

中をかき乱され、尚子は一層高い声を上げた。

「あああ、すごくいい」

目を閉じ、自分の中に入り込んでくる太くて硬いものを一心に味わう。この張り詰めた棒がある限りは、彼を無視できない。全身に鳥肌が立つほどに気持ちがいいのだから。

「もうだめ、もうだめ……っ！」

頭の芯《しん》が痺《しび》れていく尚子の耳に、コインをねだる声が執拗《しつよう》に吹き込まれ続けていた。

そして行為を終えた後も、圭太は尚子を放さなかった。コインをもらうまでは家に帰さないと言うのだ。

「あれは私のお金よ」

「でも僕が教えなければ儲からなかったんだから」

分け前をねだる圭太の図々しさに、尚子はめまいがした。彼はコインの半分を寄越せというが、いくらなんでもそれはお礼にしては多すぎる。せっかく増えたこのお金は自分のために使いたかった。

「私は払わないから。納得いかないなら訴訟でもなんでもしていいわ」

そう言い捨て、彼を払いのけて出て行こうとしたところで、肩を摑まれ、乱暴に床に投げ倒される。体が滑り、壁にしたたか頭を打った。顔を上げると、目を吊《つ》り上げた圭太がいた。尚子のバッグを奪い、スマートフォンを取り出すと、取引所のアプリを勝手に開き、パスワードを教えろ、と迫ってくる。

「絶対にイヤ」

教えたら最後、彼は自分の口座にコインを送金してしまうに違いない。社会の片隅で地道に生きてきた自分がやっと儲けた金なのだ。この金でマンションを買い、安定した老後を過ごすのだから。

気づくと、圭太が金づちを手にしていた。目が血走っている。

「何持ってるの？」

「いうこときかないのならこれで」

「やめて」

「じゃあパスワードを早く」

「……」

命には代えられなかった。渋々伝えると、彼は素早くスマホをいじり、勝手に送金したらしく、安堵《あんど》のため息を漏らしている。

「勝手なことして許せない。絶対に訴えてやるから……」

そう呻《うめ》いた瞬間、頭の上にヒュンと何かが飛んできた。鈍い衝撃が走り、目の前が真っ暗になる。さらに何度か頭に雷鳴が響き、それきり、尚子の意識は途絶えた。動かなくなった身体の脇《わき》にスマートフォンが転がり、その画面には「残高０」と表示されていた。

「天狗《てんぐ》」が許せなかったお多福の〝ちょっかい〟

増田晶文

増田晶文（ますだ・まさふみ）1960年大阪府生まれ。同志社大学法学部卒。主な著作に『エデュケーション』『果てなき渇望《かつぼう》』『稀《き》代《だい》の本屋　蔦屋重三郎《つたやじゅうざぶろう》』『絵師の魂　渓斎英泉《けいさいえいせん》』など。

山間《やまあい》の集落は、新年の伝統行事の準備に追われていた。二人の年男が天狗とお多福に扮《ふん》し、まぐわいをユーモラスに演じるのだ。が、今回の浜尾幸男と葛西稜は、因縁浅からぬ仲で……

天狗が、お多福にのしかかる。

それにあわせ、笛と太鼓はいっそう熱をおびた。天狗の腰には、鼻より立派な、木製の陽物《ようぶつ》がぶらさがっている。お多福は恥じらいつつも、赤い襦袢《じゅばん》の裾《すそ》をひらいて応じた。

「サチオ、そこでぐいッと、ちんぽを挿し入れるんじゃ」

「ミノルはもっと股《また》を開かにゃ」

年かさの男たちは、ニヤニヤしながら舞踏指導に余念がない。天狗に扮しているのは浜尾幸男、お多福の役が葛西稜だった。

「幸男よ、お前んところの、べっぴんの女房を思いだして腰をふれ」

このヤジが飛んだ直後、一同はちょっとの間、押し黙った。誰もが幸男の妻の秋穂《あきほ》のことを脳裏に浮かべたからだ。秋穂は派手な顔立ちのうえ、豊満な肉体の熟女だった。

お多福の面の下、穣はくぐもった声でいう。

「ようし、秋穂になりきるよ」

「悪い冗談はやめろ！」

幸男は吐きすてると、怒りにまかせたかのように陽物を突き立てる。それを合図に、再び指南役の男たちの蛮声とお囃子《はやし》が交錯した。

この集落は、旧国名なら尾張《おわり》と美濃《みの》の境に位置する。森や棚田など豊かな自然が自慢だ。山峡《やまかい》の地ならでは、渓谷に渡された鉄橋を走るローカル列車がインスタ映えすると、近年ちょっとした話題になっている。

普段はのどかな集落ながら、年末になれば、帰省した連中や物好きな観光客で活気づく。正月の伝統行事として、天狗とお多福のユニークな舞いが奉納されるからだ。とはいえ、これは男女のエロティックな行為をユーモラスに演じ、豊穣《ほうじょう》と息災を祈念する神事――二〇一九年は己亥《つちのとい》、年男の幸男と穣、三十六歳になる二人が務める。

1

秋穂の両親に幸男と娘、そして招かれた穣が、炬燵《こたつ》を囲み年末のバラエティ特番に笑い声をたてていた。

だが、秋穂だけは切なげに眉《まゆ》をしかめ、下半身をモゾモゾさせている。炬燵のなかで、男の足が、レギンスを穿《は》いた秋穂の股間《こかん》を狙《ねら》っている。とうとう膝小僧《ひざこぞう》を割られてしまった。もちろん、最初は拒んで脚をきつく閉じていた。だが、男の力とスケベな熱意には抗しきれない。

「ママ、どうしたの？」

隣に座った七つになる娘が無邪気に尋ねた。男の足は無遠慮に秋穂の股間をまさぐっている。

「何でもないよ」

彼女は尻《しり》を浮かせながら、つくり笑顔でこたえた。だが、すぐ「ウッ」と息を呑《の》んだ。太い親指が敏感な突起をピンポイントで狙ってきた。下から上へ、爪先《つまさき》で小さな突起を弾《はじ》くように愛撫《あいぶ》され、秋穂は思わず男の足を両腿《りょうもも》で挟み込んでしまう。

「お皿を片づけようか」

秋穂の母は、娘が当惑と快感の間で苦悶《くもん》していることも知らず立ちあがりかけた。

「私が洗う。母さんは座ってて」

秋穂は執拗《しつよう》な愛撫を振り切り、その場から逃げ出した。穣がチラリ、意味深長に上目を使う。隣の幸男は「オレ、小便」と炬燵を出た。

だが幸男はトイレに直行せず、キッチンに立つ妻の後ろに回った。

「どうした？　ヘンな顔してたな」

いいながら、夫はむっちりと盛りあがった妻の尻を掴《つか》んだ。そればかりか、人さし指と中指を重ね、双の丘の谷間にめり込ませてくる。

秋穂は小声でなじった。

「いかん、やめて」

「穣ならよくて、オレじゃイヤか」

秋穂の首筋に幸男の酒臭い息がかかる。夫は乱暴に、レギンスの中へと手をぐらせた。無骨な指が下着の股ぐりのあたりをまさぐる。

「リビングから見えちゃう」

「そんなこと、かまわん」

夫の指は下着の縁を越えた。指先が大陰唇《だいいんしん》の周りに生えた、チリチリとした陰毛を弄《もてあそ》ぶ。炬燵の中の狼藉《ろうぜき》のせいで、秋穂の秘所はたっぷりと湿り気をおびている。

「ようけ濡《ぬ》れとる」

「イヤッ……知らんッ」

その時、居間から声がかかった。

「おーい、酒がのうなったぞ」

「はーい、熱燗《あつかん》すぐにつけまーす」

秋穂は腰に力を込めてくねらせ、さらに尻を強く引いて、夫の狼藉から逃れた。幸男は恨めしげに居間を振り返る。

「親父《おやじ》と穣はどえらく呑みやがる」

「ケチくさい。何をいうとるの」

そこへ穣がやってきて苦笑する。

「夫婦ゲンカはいかんよ」

幸男は酔眼でくってかかった。

「お前、秋穂になにしたんじゃ」

秋穂は慌《あわ》てて夫と穣の間を割る。

「二人とも居間へいっとって」

幸男夫婦は同い年、さらに穣も小学校から高校まで一緒だった。幸男は専門学校を卒業し森林組合で働いていた。両親が相次いで亡《な》くなったうえ、三男坊ということもあり、十年前に秋穂の家へ婿入《むこい》りしたのだ。

「酒の燗はボクがつけよう」

穣が秋穂の持つ酒瓶に手をのばしかけるのを幸男は邪険に払った。

「オレの嫁さんにちょっかいを出そうと、久しぶりに帰ったんじゃろ」

「たわけたこというな」

穣は大げさに肩をすくめる。

彼は国立大に進学し、名古屋でＩＴ関連の会社を起業した。事業は好調、両親を名古屋に呼びよせ、本人は豪奢《ごうしゃ》なタワマン住まいだという。

数年ぶりに地元へ戻ったのは、年男として伝統行事に参加するため──だが、高校時代の一時期、秋穂と穣が親密な交際をしていたのは周知の事実だった。

２

その夜の営みは、男が女をいたぶるかのように激烈だった。

夫は妻の少し垂れ気味ながら、片手を広げてもまだ余る豊かな乳房を荒々しく揉《も》みしだく。次は、母乳で子育てをした名残り、小指の先ほどにも肥大し、すっかり黒ずんだ乳首を、歯型が残るほど強く吸った。秋穂は苦痛と快感の狭間《はざま》を行き来しつつ、悩まし気な呻《うめ》き声をあげた。

「感じる。けど、もっと優しくして」

秋穂は身悶《みもだ》えしながら、ブラウンに染めた髪に手をやった。彼女の腋《わき》があらわになる。その部分は、腋毛の処理から数日たち、黒い芽がポツポツと生えていた。

幸男の瞳《ひとみ》に淫靡《いんび》な光が宿った。秋穂は粘っこい視線に気づき、慌てて腕を下ろす。

だが、より早く夫は顔を腋の下に突っこんできた。

「イヤ。くすぐったいし、汚い」

「穣にお前はやらん」

幸男は物狂いしたかのように、妻の腋に鼻先をうずめる。酸《す》っぱくて饐《す》えたような妻の体臭が、幸男の欲情をいっそうかきたてた。彼は仔犬《こいぬ》のようにペロペロと舌を使った。秋穂は羞恥《しゅうち》と嫌悪《けんお》にまみれたものの、それが快楽のスパイスになることを否定できない。快感が肉体の芯《しん》から波紋を描き、じんわり響いてくる。

「あんたはもう勃《た》ってるの？」

秋穂が下腹部へ手を伸ばすと、すでに臨戦態勢を整えていた。秋穂は幸男の肩を押して懇願した。

「入れて、お願い」

「その前にしゃぶれ」

幸男は猛然と体位を入れかえ、腰をぶつけるようにして、秋穂の口に陰茎をあてがった。先走った淫液を滴《したた》らせた先端部が、ぼってりした唇を無理やりに割る。秋穂は再び眉をしかめた。ふてぶてしいイチモツが喉《のど》の奥まで深々と突き刺さった。秋穂は嗚咽《おえつ》しながら、なんとか陰茎を吐き出そうとするが、幸男は後頭部をがっちり摑んで離さない。

「これがお前の旦那《だんな》のちんぽじゃ」

「ウググ……ウゲッ」

嘔吐《おうと》してしまう。秋穂が観念した途端、夫は拷問《ごうもん》をやめた。

「危ない、先にいってしまう」

夫は唾液《だえき》まみれの陰茎をさすり、今度は妻の腿を割った。秋穂のヌルヌルになった秘部は猛《たけ》りきった幸男をすっぽりと受け入れる。ここからは狎《な》れきった夫婦の交わりになるかと思われたが、今夜は少し趣向がちがう。夫は子宮を壊すほどの勢いでズンズンと突き上げてくる。

「ウゥ、痛いけど気持ちいい」

「お前はオレのもんじゃ」

「まだ、そんなことというとる」

とはいえ、秋穂が穣との再会にときめいてしまったのは事実。まして、さっきの炬燵の一件が――。

「今日は中に出すぞ」

「ダメ。赤ちゃんができちゃう」

「穣の子なら産みたいんか」

「アホなこと……アッ感じる」

夫婦の営みをよそに、集落の夜は深々と更《ふ》けていく。雲は夜空を覆《おお》い、雪が舞いはじめた。

数時間後には白い朝となりそうだ。

3

奉納の舞いの総仕上げの稽古《けいこ》が終わった。集落の男たちは社務所で車座になり、密造したどぶろくを酌《く》み交わす。秋穂の実父が酒で濡れた唇を拭《ぬぐ》いながらいった。

「穣のお多福は艶《つや》っぽくていいんじゃが、幸男の天狗がいかん」

長老も不満気な口ぶりだ。

「一挙手一投足が乱暴なんじゃ」

幸男はどぶろくの入った湯呑を置くと、しぶしぶ謝った。

「どうも、すまんことで」

タイミングよく穣がかぶせてきた。

「女房役のボクが幸男をリードするから大丈夫。いつもの年より、ずっとエッチに舞ってみせますよ」

幸男を除く一同はどっと笑う。秋穂の父がこれみよがしに頭をさげた。

「ウチの養子はなにをやらしても、ドンクサいので申しわけない」

クソッ。幸男が眼を伏せると、穣はいわずもがなの台詞《せりふ》を口にした。

「こいつがドジなのは、小学校から変わってませんからね」

幸男は穣を睨《にら》みつける。だが穣は知らん顔。そこへ秋穂ら集落の女たちが、朴葉寿《ほおばず》司《し》や赤蕪《あかかぶ》の漬物、蜂《はち》の子を甘辛く煮た「へぼ」といった郷土料理をもちこんだ。

「懐《なつ》かしいなあ。うまそうだ」

穣が歓声をあげる。口元にホクロのある中年女がわざわざ注進した。

「秋穂ちゃん、穣さんの好物だからって熱心に料理しとったもんね」

「やだ、そんなことないって」

秋穂は頬を染めた。幸男は舌打ちして、どぶろくをあおる。幼い娘は父親を無視し、穣の膝の上にちょこなんと座ってしまった。娘は穣を見あげ、甘えた声をだした。

「私も穣さんと名古屋に住みたい」

居合わせた面々は「子どもは正直じゃ」「穣は幸男より男前」「CEOじゃもん」と勝手放題をいう。年かさの男が酔った勢いで放言した。

「浜尾の家は、どうも婿選びを間《ま》違《ちご》うたようじゃのう」

満座の嘲笑《ちょうしょう》と冷笑が幸男に注がれた。彼は酒瓶を抱え、憎らしそうに一座を見渡す。

そんな夫を気にもかけず、秋穂は穣の隣に腰かけた。

「衣装、緋《ひ》の襦袢《じゅばん》が綻《ほころ》んでたよ」

穣は朴葉寿司を頬張りながらいう。

「幸男が力加減せずに襲ってくるんで破れちゃった」

「ゴメンねぇ。私が繕うから」

「じゃ、後でお願いするよ」

秋穂と穣の瞳の光が、一瞬だが交錯し妖《あや》しく溶けあった。ワケありのアイコンタクト、幸男はそれを見逃さない。彼は膝立ちして、妻と穣のところへにじり寄った。

「穣の宿へ行っちゃいかん」

「何いってんの。縫っとかないとお正月の本番で困るじゃないの」

夫婦の小競《こぜ》り合いに閉口しながら、穣が提案した。

「ここがお開きになったら、ボクが衣装を幸男ンとこへ持参するよ」

4

冷え切った夜気が頬を包んでいる。幸男は目覚めたものの、しばらく自分がどこにいるのか分からなかった。

「いつの間にベッドルームへ？」

妙に身体《からだ》が強《こわ》ばっているのは、着替えもせずに寝入ったからだ。

隣をみると秋穂がいない。

幸男と秋穂が帰宅してほどなく、穣も現れた。妻が針と糸を操る横で、幸男と穣は酒を呑みなおし、ぐでんぐでんになってしまった……。

幸男はぶるッと胴震いしてから、足音をしのばせリビングへ向かった。ドアの隙間《すきま》から明かりが漏れている。

「ダメ。ご神事の直前でしょ。精進潔斎しないとバチが当たる」

「どうせ神前でも似たようなことをするんだから、全然かまわないよ」

炬燵に妻と穣が並んで座っている。穣は秋穂を抱きよせ唇を重ねた。

穣の手は抜け目なく、秋穂の胸もとに伸びていく。大きな乳房を強調するリブ編みのセーターの裾《すそ》がめくられ、妻の白い肌と黒のブラジャーが露《あら》わになった。穣は手慣れた様子で下着のホックを外しにかかる。

「あの野郎！」、幸男が叫びかけたところへ娘が身体をぶつけてきた。

「パパ、ここでナニしてんの？」

娘は寝ぼけ眼をこすっている。

「喉が渇いた。ジュース飲みたい」

「わかったから、静かにせい」

父娘《おやこ》のやりとりは、中の二人にも聞こえたようだ。慌てて居住まいを正す様子が廊下へ伝わってくる。娘は無遠慮にリビングの扉を引いた。

「あッ、穣さんがいる。なんで？」

男と女は不自然なほど距離をあけていた。ゴホン、穣はきまり悪そうに空咳《からせき》をして衣装を引っつかんだ。

「当日は朝の五時に集合だっけ」

穣は、立ちはだかる幸男を押しのけバタバタと帰っていった。幸男は怒りの矛先を秋穂に向ける。

「お前、なんてことを！」

だが、秋穂は悪びれる様子もないどころか、挑むような態度をみせた。

「ちょっと触られただけ。それ以上のことはナンもしとらん！」

妻の語勢に口べたの夫は絶句した。コップ片手の娘がダダをこねる。

「ママ、私と一緒に寝てよ」

「よし、パパが代わりをしてやる」

娘は父に、あかんべえをした。

「パパはダサいからイヤッ」

秋穂と娘は幸男の顔も見ずにリビングを出ていってしまった……。

元旦《がんたん》は、寒さこそ厳しいものの晴天となった。急峻《きゅうしゅん》な山々の間に、横笛の甲高い旋律と、石をばらまいたような調子の太鼓が響きわたる。

天狗は屹立《きつりつ》させた陽物をことさら強調しながら、一心不乱にお多福を追いかける。怯《おび》えて逃げまどうお多福が妙にリアル。それに輪をかけ、天狗の気迫は壮絶で殺気すら漂う。

「いいぞ。幸男、会心の出来じゃ」

長老をはじめ集落の面々はもちろん、観光客もヤンヤの喝采《かっさい》を送った。秋穂に彼女の両親、晴れ着をまとった娘からなる浜尾一家は、手を打ったり写メを撮ったりと忙しい。

秋穂は呆《あき》れながら白い歯を見せた。

「あの人ったら。穣のことが刺激になって、却《かえ》ってよかったじゃない」

とうとう天狗がお多福を押し倒した。女役の股間に陽物をねじ込み、大きく腰をふる。卑猥《ひわい》でコミカルな動作にあわせ、陽気な「ほれッ、ほれッ」の合いの手が重なっていく。

舞いはクライマックスを迎え、冬晴れの陽光が幸男と穣を照らす。その時、天狗の手元が一閃《いっせん》した。幸男が懐《ふところ》から出した登山ナイフは躊躇《ちゅうちょ》なく穣の胸に刺さった。たちまち緋色よりも赤い血が襦袢を染めあげる。

幸男は悠然と立ちあがった。天狗の面がニタリと笑ったように見えた次の瞬間、彼は刃物を握り直し、真一文字に秋穂へ突進した。

「ギャーッ、助けて！」

境内に悲鳴と怒号が轟《とどろ》く。幸男がナイフを振りかざすたびに人が倒れる。新春の慶事は一転し地獄絵図となった。秋穂ばかりか娘と義父までが膝を折る。痙攣《けいれん》していた穣が動かなくなった。幸男は意味不明の雄叫《おたけ》びをあげ、装束のまま逃走した。

数時間後――鉄橋でローカル列車が急ブレーキを軋《きし》ませ急停止した。だが、線路に仁王立ちした男は弾き飛ばされ、急峻で知られる谷間へ、真っ逆さまに落ちていったのだった。

「トロ火」で煮込まれて鬼が目覚めた〝三角やもめ〟

勝目梓

勝目梓（かつめ・あずさ）１９３２年東京生まれ。さまざまな職業を経て作家に。'74年「寝台の方舟」で小説現代新人賞を受賞。純文学からバイオレンス小説、時代小説まで幅広いジャンルの作品を手がける。近刊に『凶刃』『異端者』『あしあと』などがある。

亭主に先立たれたあたしが内村さんと出会ったのは、同じ弁当工場で働く清子さんに誘われたカラオケ会だった。一緒に踊るとお尻《しり》をなでてくれて、あとは期待どおりになったけど……

留置場だよ。入れられてるのはあたし一人。田舎の小さな町の警察署だから、人が留置されるような事件なんかめったに起きないんだろう。それを女のあたしが起してしまった。六十歳の女と六十四歳の女が八十の爺《じい》さんを取り合って、愛欲がらみの傷害致死事件、あきれたもんだな——取調べの刑事に言われた。

これまで真面目《まじめ》ひとすじで一所懸命に生きてきた身が、まさかこんなところに入れられることになるなんて、夢にだって思いもしなかった。遠くにはなれて暮らしてる朝子と信一は、面会にくるんだろうか。会いたくない。子供たちに合わせる顔がない。死んでしまいたい。亭主が生きててくれてたら、あたしもこんなことはやらかさなかったはずだ。そう思えば、先に死んだ亭主を恨みたくなる。

内村正人《まさと》さんは病院でどうにか意識がもどったが、福原清子さんは手後れで、死因は熱中症だけど、おまえが殺したも同じだ、と刑事は言った。たしかにおとといの夜は、あたしに鬼がとりついた。でも、あの二人を殺してやるつもりなんかなかった。ただ、浮気した内村さんとドロボー猫の清子さんに、思い知らせてやりたかっただけだったのに……。

清子さんの家に行ってみる気になったのは、女の勘か虫の知らせかだったんだと思う。鬼がとりついたのは、清子さんの家の前にとめてあった内村さんの車を見たときだったのか。それともノックをした玄関の戸を開けた清子さんをドアごと押しのけて、中にとびこんだ瞬間だったのか。いまは自分でもわからない。

部屋には敷布団《しきぶとん》だけが一枚しいてあった。その横に内村さんが立ってて、シャツの裾《すそ》をズボンの中に押し込んでるところだった。清子さんの紫色のパンティが、布団の脇《わき》にほうり出してあった。それから枕元《まくらもと》のティッシュの箱と潤滑ゼリーの容器。そういうものはいまもはっきり眼に焼きついてるけど、うろたえたあの二人があたしに言ったことは、何ひとつ耳に残っちゃいない。自分が言い返した中でおぼえているのは、内村さんはあたしのものだから、ここでセックスをしてその証拠を見せてやる、と清子さんに言ったことだけだ。

あたしは本気だった。だから清子さんの手足をしばっておかないと、セックスのじゃまをされると思った。煮えたぎってる怒りにまかせて清子さんの横っ面《つら》を張りとばした。突きとばして畳の上に倒れたところに馬乗りになって、あいつが着てたブラウスを引き裂いてむしり取った。そのブラウスで手足をしばりあげた。あいつはブラウスの下は裸だった。ついでにスカートも引き脱がした。丸裸にして恥をかかせて、みじめな思いをさせてやりたくて仕方がなかった。清子さんの下の毛の先は、潤滑ゼリーで濡《ぬ》れてよれてた。それが眼についてまたカッとなったから、あいつの股《また》ぐらを足で踏みつけてやった。

内村さんは乱暴はやめろと言って、あたしを清子さんから引きはなそうとしたけど、手に噛《か》みついてやったらじゃましなくなった。内村さんはあたしの気性の激しさをよく知ってるから、荒れ狂ってるあたしのことが恐ろしくなったんだと思う。あたしは横の押入れを開けて、中に入ってた段ボール箱二つを外に出して、泣きべそをかいてる清子さんをそこに押し込んで戸を閉めた。セックスの現場は見えなくても、あたしのよがり声と内村さんがいくときのうめき声を聞かせてやるだけでいい気味だ、と思ってたんだ。

でも、セックスはできなかった。内村さんは意気地なしだった。尻ごみした。あたしはさっさと裸になって布団に仰向けになったのに、内村さんは少しはなれたところに膝《ひざ》をかかえて坐《すわ》っていて、声をかけても動こうとはしなかった。そんなことはできないとか内村さんが言ったから、こっちは意地になって奥の手を出した。あそこに潤滑ゼリーをたっぷり塗ってから、自分で乳首をいじりながら、もう片方の手の指で割れ目を開いてクリトリスをなでまわして見せた。

女には目がない内村さんだけど、やっぱり八十という年だから、いよいよというときに肝心な物が思うようにならないことはよくあった。そんなときでも、こっちがそうやってオナニーをして見せれば、それが内村さんには特効薬になって、いつだって調子をとりもどしてたのに、あのときはそれも無駄だった。あたしのオナニーをちゃんと見てたのに、内村さんは寄ってこようとはしなかったんだから。

それであたしはまた頭に血がのぼってしまった。清子さんの家で内村さんに恥をかかされて、ばかにされた気がしたんだもの。だから素裸のままではね起きて、内村さんの顔をひっぱたいた。立ち上がって逃げようとした内村さんは足がもつれて、ころんだ拍子に壁の柱に頭をぶつけてまた坐りこんだ。あたしは内村さんの頭を両手でつかんで、ほかの女の家には行かないでって、あんなに言ったのにと言いながら、つかんだ頭を何度も何度も後ろの柱に力まかせに打ちつけた。

そのうちにこっちも息が切れて、つかんでる頭をはなしたら、内村さんは壁に背中をつけたままで、力が抜けたみたいに横に倒れて動かなくなった。声をかけても返事はしなかった。もしかしたら死んじゃったのかと思って、あたしは急に怖《おそろ》しくなった。頭の中が真っ白になった。でも内村さんの口のところに手をやって、ちゃんと息をしてるのを確めたのははっきりおぼえてる。だから安心して、内村さんはちょっと気を失ってるだけだから、すぐに目がさめて清子さんも押入れから助け出されるだろうと思って、あたしは気がすんで家に帰ったのに……。

＊

清子さんには謝りようもない。怖ろしくて体がふるえる。あのカラオケ会に入らなかったら内村さんと知り合うこともなかったのにと思うと、悔やまれてならない。それも弁当工場で一緒に働いてた清子さんに誘われて入ったんだから、皮肉とも何とも言いようがない。

あれはだいぶん前にだれかが言いだして、歌好きの知り合いから知り合いへと誘いがひろがってできた会だという話だった。老人クラブみたいな十五、六人のグループだったけど、テレビドラマぐらいしか気晴らしの種がなかったあたしには、週に一度のカラオケ会は楽しみだった。歌だけじゃなくて、いつもみんなで社交ダンスのまねごともしてた。あたしは内村さんにダンスにひっぱりだされてはじめて踊ったときに、恥ずかしい、てれくさいと思う一方で気持ちがはずんだのをおぼえてる。

そのうちに内村さんはいつごろからだったか、ダンスのときにみんなの目を盗んで、あたしのお尻をなでるようになった。気をつけて見てたら、内村さんがそんなことをする相手はあたしだけだとわかって、それがうれしかった。自分の年も忘れて女心がざわついた。みんなの話じゃ内村さんは八十歳らしいけど、その年でもまだセックスはできるんだろうか、なんてことが頭をよぎるときもあった。

考えてみれば、あたしの気持ちはそんなふうにして内村さんのほうに向いていったんだと思う。内村さんに聞かれるままに、家の場所や、一人暮らしだということや、ケイタイの番号なんかをすんなりと教えたのも、もしかしたらという期待があったからだった気もする。そして期待どおりのことが、去年の九月の末からはじまったわけだった。

夜に内村さんが前ぶれなしに家にきて、そのときにあたしはまるでそういう約束になってたみたいに、迷いもためらいもなしで内村さんに抱かれた。そこが、働き者だった亭主が遺《のこ》してくれた家だという後ろめたさは、いま留置場ではじめて胸に浮かんできたことで、去年の秋からこの夏までは、あたしはいつも自分の家でやもめ同士の内村さんと寝てたんだから、亭主もあの世で恨んでたかもしれない。

五十三で後家になってからは男には縁なしで、ときたまのオナニーで気をまぎらせてたあたしは、内村さんとの最初のときから、もう何もかも忘れて、しっかりすっかり気をやったんだから。内村さんはとにかく上手で、用意のいいことに潤滑ゼリーまで持ってきてた。女は年を取るとあそこが濡れなくなって、するときに痛いという話は聞いてたけど、あたしはオナニーのときはけっこう濡れてて、指を入れたりしてたから大丈夫と思ってたら、内村さんのが入ってきたときはやっぱり奥のほうは痛かった。でも潤滑ゼリーのおかげであたしは何か新しく目があいたような、体がすみずみまで生き返ったような、そんな気がしたのを思い出す。

内村さんはほんとにスケベーで、手や指や舌ですることが根気強くていつも一本調子じゃなかったから、こっちはもうたまらなかった。あの人にもまれてると、お乳もゆるゆるにたるんでることを忘れちゃってたんだから。あの人も年が年だから中折れはよくあったけど、そんなときでも内村さんはあたしのあそこに顔を寄せてじっくり眺めながらいじくりまわしたり、そこ一帯を舐《な》めまくったりすれば元気がもどってきてた。それでもだめなときは、あたしのオナニーショウが効いた。とにかく内村さんはいつだって、かならずあたしを最後までいかせてくれて、自分もいってたんだから。何かこう、たっぷり時間をかけてトロ火で煮込むって感じのセックスだったのに、それもうおしまいだなんて……。

＊

毎月二度はかならず家にきてた内村さんが、先月は一回しかこなかった。だから今月の四日に久しぶりにやってきたあの人にわけを聞いたら、用事があってこられなかったということだったけど、あたしは焼き餅《もち》やきで疑い深くなってたから、ほかに女ができたんじゃないのって冗談半分で言ったら、向こうはばか言うなって笑ってた。ちょうどそんなことを言ってるところに、たまたま清子さんが内村さんのケイタイに電話をかけてきたわけだから、いまのあたしの身でそんなことを考えるなんて許されないことだけど、清子さんはよっぽど運のない人だったんだと思う。あたしはあの最悪のタイミングの電話がもとで大事件を起こしてしまったわけだから、こっちも運が悪かったんだ。

鳴りはじめたケイタイの着信番号を確かめた内村さんは、そのまますぐに部屋を出て玄関口で話しはじめた。いつもはそんなことはしない人だから、あたしは変な胸さわぎを感じて廊下に首だけ出してみた。内村さんは背中を向けて声もひそめてたけど、あたしは清子さんの名前が出たのを聞き逃さなかった。渋温泉というのは行ったことないけど、長野なら涼しそうでいいな。日取りは清子さんに任せるよ。お盆過ぎならいつでもいいから、と言ってる内村さんの声がはっきり聞き取れたんだから。

電話を切ってこっちを向いた内村さんが、部屋から首を突き出してたあたしを見てギョッとなったのもはっきりわかった。こっちはもう形相を変えてたんだから。あたしは清子さんの名前を突きつけて内村さんを責めた。内村さんは、長野に一緒に行くのは昔の仕事仲間の連中だと言い張った。清子さんの名前はあたしの聞きちがいだって言ってとぼけた。そうやって言い合いになって、内村さんは怒って帰った。それがつい十日前のことで、あれから留置場までは一直線だった。

内村さんと言い合いをしたつぎの日は、清子さんは弁当工場を休んだ。だからあたしは、清子さんは前の晩の電話の一件を内村さんに聞かされて、あたしと顔を合わせるのが気まずくなって、それで仕事を休んだんじゃないかという気がした。もしそうだとすれば、清子さんは内村さんが二股《ふたまた》かけてあたしとも寝てるのを知ってることになるわけだけど、清子さんも後家の淋《さび》しいひとり暮らしの身だし、内村さんは押しの強い女好きだから、そういうこともないとはいえないと思った。そんなふうに考えると、清子さんにしては珍しい欠勤が内村さんの二股の証拠のような気がしてならなかったものだから、仕事が終って家に帰ってから清子さんに電話をかけてみたら出なかった。それであたしはますます自分の推理は当たってる気になったわけだった。

それでその日、夕食をすませてから、内村さんの家に押しかけた。内村さんが息子さんの家族と一緒に暮らしてることは知ってたけど、家の外で話せばいいし、うまく持ちかければ家に連れてこられるかも、なんてことも考えてたのに……。インターホンを鳴らしたら家の人が出たけど、あたしが名乗ったら内村さんが玄関から出てきて、あたしたちは門の横で話をした。でもすぐにまた言い争いになって、あたしはカッカしてたから、平手だったかゲンコツだったかおぼえてないけど、内村さんの顔を何回かたたいた。そうしたら内村さんは鼻血を流して、クソ女って言って家の中に逃げこんだ。

清子さんは二日つづけて休んでから仕事に出てきたけど、様子がはっきり変だった。あたしを避けてるのが見え見えだった。それで休み時間につかまえて、人のいないところにむりやりに連れていって内村さんとのことを問い詰めたら、清子さんはいけしゃあしゃあとシラを切ったんだもんね。自分は八十の爺さんに熱をあげるような物好きじゃないって、清子さんは笑って言ったんだ。そのときの清子さんの顔つきも口調も、あたしには清子さんが二股を承知の上で内村さんと寝てる証拠に見えたんだから……。

それからの四日間は、あたしは仕事に出てるときも家にいるときも上の空だった。夜もろくに眠れなかった。心の中では内村さんと清子さんへの怒りと、なんとかして内村さんと仲直りしたいという両方の気持ちが、ひとつになって渦を巻いてた。内村さんのケイタイには毎日、昼間と夜に電話をしたけど一回も出てくれなかったから、そのたんびに謝りのことばと、家にきてほしいという願いを留守番電話に入れた。返事は一度ももらえずに無視された。

眠れない夜は、内村さんと清子さんがセックスをしてるところが眼に浮かんできて消えなかった。あたしはもうすっかり、内村さんと清子さんができてるって思いこんでた。自分より四つも年の多い清子さんに内村さんを横取りされたんだと思うと、それも悔しくてたまらなかった。そしておとといの晩に頭にひらめきが走って、あたしは清子さんの家に行ったのだった。

＊

ゆうべおそくに警察が家にきたときは、あたしは何の用かと思った。それどころか、ピンポンが鳴ったときは内村さんがきてくれたと思って、もうパジャマに着がえてたけどそのままの格好で玄関を開けたくらいだった。内村正人さんと福原清子さんという人を知ってるかって警官に聞かれたときも、あたしは二人が大変なことになってるなんて思っていなかったから、よく知ってるって答えたんだけど、傷害致死事件で話が聞きたいから警察にきてくれと言われたときは、びっくりして信じられなくて、悪い夢を見てるような気がした。

前の晩に家を出た父親の行方がわからなくなってると、内村さんの息子さんが警察に言ってきたのがきのうの昼近くで、夕方には清子さんの家の前にとめてあった内村さんの車を見回りの警官が見つけて、家の中の二人を発見した。それで警察が内村さんの息子さんにいろいろ聞いてるうちに、今月の五日の夜に父親が、弁当工場で働いてる松田豊子という女に顔をなぐられて鼻血を出したことがあったという話をして、それであんたに話を聞きにきたんだと刑事が言った。清子さんにはお詫《わ》びのしようがないけど、内村さんの意識がもどったのがせめてもの救いだ。だけどあたしはいまもまだ悪い夢をみてる気分だ……。

「週刊新潮」掲載号一覧

岩井志麻子　家出娘の「米粒」にたかった俵振るいの〝秋茄子母子〟　2018年3月15日号
深笛義也　士気に関わる「赤鬼」が〝ヒヨちゃん〟に惚れて　2018年8月2日号
杉山隆男　「冥途の土産」に興奮したビキニ好きの〝困ったジジイ〟　2019年2月21日号
桐生典子　「ヘリコプター」が墜落したお嬢さん育ちの〝時短婚活〟　2018年4月5日号
蜂谷涼　「白い悪魔」を退治した田舎男の〝いじりこんにゃく〟　2019年1月31日号
牧村僚　「録音」を鼻で笑われたルームの〝落第塾生〟　2018年9月13日号
観月淳一郎　野次馬に挙げられたミナミの「サド王子」　2018年11月22日号
蓮見圭一　〝好き者婦警〟が沈んだ「ヤス」のインプラント　2018年9月6日号
睦月影郎　「無味無臭」に失望した童貞が求めた〝ナマの匂い〟　2019年3月21日号
花房観音　魔法にかかった女子大生が身につけた〝技術〟　2019年3月14日号
久間十義　「ママタレ」が奏で損ねたコントラバスとバイオリン　2018年12月6日号
内藤みか　「地道な女」が損切りされたみずみずしい快感の〝残高〟　2018年4月26日号
増田晶文　「天狗」が許せなかったお多福の〝ちょっかい〟　2019年1月17日号
勝目梓　「トロ火」で煮込まれて鬼が目覚めた〝三角やもめ〟　2018年8月30日号

本書は新潮文庫のオリジナル作品です。

「新潮45」編集部編

殺人者はそこにいる
—逃げ切れない狂気、非情の13事件—

視線はその刹那、あなたに向けられる……。酸鼻極まる現場から人間の仮面の下に隠された姿が見える。日常に潜む「隣人」の恐怖。

「新潮45」編集部編

殺ったのはおまえだ
—修羅となりし者たち、宿命の9事件—

彼らは何故、殺人鬼と化したのか——。父母は、友人は、彼らに何を為したのか。全身怖気立つノンフィクション集、シリーズ第二弾。

「新潮45」編集部編

殺戮者は二度わらう
—放たれし業、跳梁跋扈の9事件—

殺意は静かに舞い降りる、全ての人に——。血族、恋人、隣人、あるいは〝あなた〟。現場でほくそ笑むその貌は、誰の面か。

「新潮45」編集部編

凶　悪
—ある死刑囚の告発—

警察にも気づかれず人を殺し、金に替える男がいる——。証言に信憑性はあるが、告発者も殺人者だった！　白熱のノンフィクション。

清　水　潔　著

桶川ストーカー殺人事件
遺言

「詩織は小松と警察に殺されたんです……」悲痛な叫びに答え、ひとりの週刊誌記者が真相を暴いた。事件ノンフィクションの金字塔。

清　水　潔　著

殺人犯はそこにいる
—隠蔽された北関東連続幼女誘拐殺人事件—
新潮ドキュメント賞・日本推理作家協会賞受賞

5人の少女が姿を消した。冤罪「足利事件」の背後に潜む司法の闇。「調査報道のバイブル」と絶賛された事件ノンフィクション。

新潮文庫最新刊

柚木麻子著
BUTTER
男の金と命を次々に狙い、逮捕された梶井真奈子。週刊誌記者の里佳は面会の度、彼女の言動に翻弄される。各紙絶賛の社会派長編！

宿野かほる著
ルビンの壺が割れた
SNSで偶然再会した男女。ぎこちないやりとりは、徐々に変容を見せ始め……。前代未聞の読書体験を味わえる、衝撃の問題作！

西村京太郎著
広島電鉄殺人事件
速度超過で処分を受けた広電の運転士が暴漢に襲われた。東京でも殺人未遂事件が。十津川警部は七年前の殺人事件との繋がりを追う。

赤川次郎著
7番街の殺人
19歳の彩乃は、母の病と父の出奔で一家の大黒柱に。女優の付人を始めるがロケ地は祖母が殺された団地だった。傑作青春ミステリー。

島田荘司著
新しい十五匹のネズミのフライ
—ジョン・H・ワトソンの冒険—
ホームズは騙されていた！ 名推理でお馴染みの「赤毛組合」事件。その裏に潜むどんでん返しの計画と、書名に隠された謎とは。

安東能明著
消えた警官
二年前に姿を消した巡査部長。柴崎警部ら三人の警察官はこの事件を憑かれたように追いはじめる——。謎と戦慄の本格警察小説！